U0646806

张允和作品集

浪花集

张允和
张兆和

编著

ZHEJIANG UNIVERSITY PRESS
浙江大学出版社

1946年7月，张家十姐弟在上海重逢（前排左起：充和、允和、元和、兆和；后排左起：宁和、宇和、寅和、宗和、定和、寰和）

上海重逢，张家十姐弟"大团圆"（前排左起：允和之子周晓平，兆和之子沈龙珠、沈虎雏，二排左起：元和、允和、兆和、充和；三排左起：顾传玠、周有光、沈从文；后排左起：宗和、寅和、定和、宇和、寰和、宁和）

1939年4月21日，元和与顾传玠在沪结婚（倪子乔老先生说："真是一对璧人。"）

1933年4月30日，允和与周有光在沪结婚

沈从文与夫人兆和（1935年摄于苏州）

允和、有光夫妇与兆和、从文夫妇

三连襟周有光、傅汉思、沈从文（1983年9月摄于前门东大街从文家）

在美国康州某校演出《游园》，允和（右）饰杜丽娘，充和饰春香

周有光夫妇与沈从文夫妇（1986年11月18日摄）

慈祥、博学的两连襟周有光与沈从文（1982年冬）

1986年11月20日全国政协在北京举行纪念汤显祖逝世三百七十周年大会，邀请元和、充和回国参加并演出（此为四姐妹抗战胜利在上海重逢后再度合影，摄于沈从文宅）

1984年11月1日允和（右）与元和在美国相聚（摄于赵府客厅）

兆和与允和（1999年9月23日摄于周宅）

1982年夏，元和（右一）与语言学家李方桂（左一）、徐樱（左二）夫妇，翁太太，徐太太，关琴（前）

1980年周有光、张允和夫妇参加中国语言学会成立大会，与语言学泰斗吕叔湘先生（左四）等人合影

允和（摄于1989年7月）

允和与周有光（摄于1989年7月）

前　言

七十二年前（1930）《水》从苏州九如巷涓涓流出，六年前（1996）在北京后拐棒胡同复刊，四个月一期，六年来出版了二十期，载文三百余篇。《水》的朵朵浪花不仅流遍了祖国大江南北，并随着太平洋滚滚波涛流向彼岸。

《水》是个小小的家庭刊物，但她却被资深的大出版家范用先生誉为"本世纪一大奇迹也"。名记者、作家叶稚珊女士称她："这是一本发行量最小、办刊人年龄最高、装潢最简素、曲高而有和者的刊物。"

《水》的文章充满了真实、爱心和亲情。她们就像一朵朵纯洁、挚情的浪花，她们叙述的时限从晚清到现代（约一百五十年）；叙述的人物从祖先张树声到子孙周安迪（时历七代）。每一朵浪花皆是一个生动的故事：忧国忧民的仁人志士；捐资兴学的开明人士；坚贞不屈的革命烈士；驰名中西的语文学者；星斗其文的一代文豪；聪慧敏思的白发才女；笔耕不辍的耄耋老人；相濡以沫的患难夫妻；还有，稚趣可爱的小小儿童……她们，叙述了一个家族的古今中外的真人真事，令人感慨，令人悲愤，也令人欢悦和振奋。

允姐在世时和北京新世界出版社张世林先生商定出版

《水》的选文集——《浪花集》，已由允姐选辑六十四篇，校阅已基本完成，不幸她溘然去世。去世前数日，嘱我续校并撰写前言。《水》的复刊由允姐倡议、实现，并任主编。想到她在耄耋、病重之年，爱护《水》，关心《水》，为《水》工作，不辞辛劳，以至心力交瘁，不禁黯然泪下。亲爱的二姐，我们一定会继承你的遗志，出版《浪花集》，办好《水》，来纪念你——《水》的创始者之一、《水》的复刊倡议者！

张寰和

2002年10月4日于苏州九如巷老家

目 录

《水》第一号信

亲爱的姐妹兄弟:

约七十年前，我们姐妹兄弟办了一个叫《水》的小刊物。今天我建议继续办下去。

多少年来我有一个心愿，想写我们的爸爸张吉友。叶圣陶先生也几次催我写，寰和五弟也要我写。可是我年老多病，白内障做了两次手术，植入人工晶体，眼睛是好了许多。最近一年来身体比较好一些。我想，不但要写爸爸的事，还要写我们一家人的真人真事。这是一个宏大的工程，不是我一个人的力量可以完成的。因此，我要发动张吉友一家人，就是我们爸爸的十位子女和他们的配偶来完成，也要他们的子女共同努力来完成。

我有一个建议:首先，大家都来写爸爸的回忆录，抄录有关爸爸的日记、信件、文件等资料;其次，写自己，写配偶，写子女，甚而至于孙子、重孙子都可以;最后，可以写在我家门里的外人，如教书先生、保姆、门房、厨子等。写好或抄好寄给我整理。我的第一封信要求你们，写爸爸，当然包括大大和妈妈。再写你的保姆，最好能在今年年底寄给我。我自幼在家塾念古书，最佩服的古人是司马迁。我想用司马迁的体裁写，写一篇叫《保姆列传》。各人写各人熟悉的人和事。

　　附给你们我写的三篇短文：《本来没有我》（写我自己）、《看不见的背影》（写爸爸）、《王觉悟闹学》（写四妹充和）。供参考。

　　1995年2月开始，我在学电脑打字。到现在已经打了二十封信、五篇文章。《看》《王》两文就是用电脑打的。我这封信也是用电脑打给你们的。

　　祝合府安康！

张允和

1995年10月28日

复刊词

　　六十六年前，我们张家姐妹兄弟，组织了家庭小小的刊物叫《水》。那时我们年少，喜欢水的德性。正如沈二哥（从文）说过：

　　　　水的德性为兼容并包，从不排斥拒绝不同方式，侵入生命的任何离奇不经事物，却也从不受它的影响。水的性格似乎特别脆弱，极容易就范。其实，则柔弱中有强韧，如集中一点，即涓涓细流，却滴水穿石，无坚不摧。

　　如今，我们的"如花岁月"都过去了。但是，"人得多情人不老，多情到老情更好"，我们有下一代、下下一代。我们像细水长流的水一样，由点点滴滴的细水，流到小溪，流到小河，流到大江，汇入汪洋的大海！

　　水啊！你是生命的源泉！

张允和
1996年2月7日

为乐益同学录写序

我国往日科举时代，唐朝进士有雁塔题名故事，后世传为佳话。降至前清，每逢举行考试年份，有乡试、会试同年齿录刊行。同时获榜者，互相称为同年，毕生交情甚笃。

顾彼时士人，多数闭户读学，偶以同试、同榜之机遇，成就一种交际，不但本身重视，往往一二世后，认为世交，不废联络。泪入社会服务，同在一界或同在一事业者，因联络有素之故，较之他人，能少隔阂，增进效益。

今诸毕业同学，自入本校以来，数年同师同级，受课一室之内，平时同坐同息，切磋互助，其相互关系之切，内心相知之深，迥非泛泛可比。当此毕业离校之际，共聚精神，为编纪念册之举。出校以后，宝此一篇，珍重前程，增加回忆，为意甚佳。顾冀艒有不能已于怀，愿更进一言于诸同学者。

窃以为人世间为过去、现在、将来所构成。过去良好环境与情感，诚宜重视；现在纪念方法，诚宜举行；而将来维持本级联络关系，充分发展各人之意志能力。加入本校校友会，一方为本校繁荣献尽心力，一方协助本校为民族社会切实服务。久志不忘，锲而不舍。积之岁月，于母校社会必能皆有裨补。则形迹虽散处各方，而致力之目标合一。益己及人，必获常乐。是则冀牖所望诸同学于无穷，而诸同学必能副同堂师友及冀牖之所望也。

张冀牖（张吉友）

　　编者注：这是我们的爸爸在1932年（民国二十一年），写给苏州乐益女中毕业同学录的序，由乐益王莲华同学珍藏多年，最近贡献出来的。因为辗转相抄，可能有一些错误的字句。我们的爸爸，生前有大量的著作，可是保存下来的很少很少，诗词不到十篇，文章仅此一篇。爸爸的诗词，将陆续发表在《水》上。希望我们十家姐弟收集爸爸的诗文，保留下来，传给后世子孙。希望至亲好友，多多给我们的《水》一些滋润。

1996年5月25日

慈父

幼年听祖母说，祖父云瑞公（又名华奎）在四川道台任上去世，当时父亲才八岁，随祖母刘太夫人扶柩还合肥故乡，居城中张公馆。

祖母深爱父亲，每至夏日，辄悬纱帐于厅后，备父亲午睡，睡时由女工在帐外用大芭蕉扇为父亲打扇，既怕他热，又怕直接扇的风会使睡着的他受凉，真是爱护得无微不至。

父亲十七岁与母亲结婚，在合肥生了我同二妹允和、三妹兆和，三妹下面生的一个弟弟，脐带出血夭折了。

民国初年举家迁沪，三房同居，先住麦根路麦根里，次迁卡德路法奥里，三迁铁马路图南里。住五楼五底大房子，后进还有上下两层楼。

在上海我年小，与父亲接触机会少，祖母寿终正寝、归葬合肥后，母亲到苏州订了胥门内寿宁弄8号一所宅院，旁有花园。我们就搬到"天堂"苏州了。父亲好读书，喜购书，对子女教育，都极重视。当时弟弟们小，父亲为我们最大的三姊妹请了三位老师在家授课。大厅西边一间，是我们的教室。

扬州人于老师教古文，每周做一篇文言文。安徽的王孟鸾先生，教高小课本、地理、历史，等等，每周做一篇白话

1929年爸爸与宗和、寅和、定和、宇和、寰和、宁和

1929年继母韦均一与元和、允和、兆和、充和

文。还有一位苏州人吴天然女老师，教我们算术、常识、唱歌、体操、跳舞，等等。

有专人郑谦斋替我们写讲义，是爸爸由《文选》《史记精华录》等等书中选出一篇篇古文，命他写了后给我们三人读的。

每上课五十五分钟，休息五分钟，另由男工人摇铃上下课，俨然家庭式学校。父亲曾带我们到会馆看全福班昆剧，遂请尤彩云老艺人来家教我们昆曲，学唱，学身段——这是课外活动。

闲时爸爸常讲些诗词及有趣味的故事给我们听。记得说的很多，例如：

打趣近视眼诗

惟君两眼最稀奇，子在旁边问是谁。

日照纱窗收蛋子，月移花影拾柴枝。

闲观古画磨平鼻，忙锁书箱夹断眉。

更有一桩稀奇事，吹灯烧破嘴唇皮。

爸爸自己是近视眼，并不避讳取笑近视眼，我们听他讲这故事时，望着他戴近视眼镜的眼直是笑，他也跟着笑。

又讲许多念别字的故事。有一个故事我转述给我好友顾祖葵听，她听了乐得大笑，还常要我再讲给她的熟悉人听哩！故事是这样的：

> 某姓丧家，开吊时，和尚通疏，要念子、媳等名字。只听他念道："孝子翻跟斗。"孝子跪在孝帏中，暗想，幸亏我会翻跟斗，于是一个跟斗从孝帏里翻了出来。宾客吓一跳，又不能笑。听和尚又念道："孝媳也是。"孝子想，我妻子有孕在身，又不会翻跟斗，便说："我代她。"又一个跟斗翻到孝帏中去，弄得大家瞠目，不知何故。原来是和尚念了别字，把孝子潘银升念成"翻跟斗"，把孝媳乜氏念成"也氏"。

爸爸如果带我们去上海，总喜欢领我们吃小馆子，我爱吃一家的鸭汤馄饨，及一品香西餐中的纸包虾。

爸爸到上海住旅馆，衣橱中不挂衣服，堆满了书。到四马路从第一家书店买了书，拎到第二家，第二家买的书，拎到第三家，如此类推，回到旅馆再着男工去各书店取回，因此衣橱变书橱了。

爸爸又爱买照相机、留声机等，有新出品，总要买一架。照相机藏有一大抽屉，自己不拍，让一位甘先生为我们拍。记得有次买了一个一分钟就可见照的相机，甘先生替我们在花园的花厅后面拍照，真是立刻可以从相机下的扁盒中取出一张照片来，可是没有底片，不能加洗。

留声机从大喇叭的到手提的小盒儿，应有尽有。唱片也多。我们会唱京戏，都是跟唱片学的。寅和二弟是唱京戏的佼佼者，九岁就在青年会唱《空城计》中的孔明，宗和大弟的司马懿、定和三弟、宇和四弟的老兵，我们张家班，确也人才济济，而且是少年班。

我在学校演话剧、跳舞等，爸爸会把箱中好绸料子给我，随我设计，叫裁缝订制舞衣或戏装。

在苏州读初中，到高二，同爸爸相处时较多，没有见他发过脾气。只有一次，见他给杨三吃个"毛栗子"（用右手食指及中指弯了，敲在杨三额头上），是因为杨三赌钱误了事。

母亲去世我们都才十几岁。父亲盘腿坐在一张矮方凳上看着我们落泪，是一生中我惟一见到爸爸饮泣的深刻印象。

抗日战争前，我回苏州，又热衷昆曲，请蔡菊生拍曲，周传瑛教小生身段。爸爸叫我学《荆钗记·见娘》的王十朋，他很欣赏这折戏。我因自知嗓音不够冠生宽，未遵照爸爸指示学，引为遗憾。

有次昆山救火会义务戏，我们都到昆山看仙霓社演戏，也参加客串。当时顾传玠早已离班，在金陵大学读农科，毕业后在镇江做事，来昆山度假，仙霓社师兄弟烦他客串，他答应唱《见娘》及《惊变》《埋玉》。我听到他将演爸爸最爱看的这折《见娘》，马上打长途电话到苏州，告诉爸爸及继母这个消息。爸爸就雇了汽车，带宗弟、寅弟、寰弟、宁弟等及宁弟的家庭老师，浩浩荡荡都到昆山来欣赏昆剧。

"七七事变"，我们随爸爸回合肥，先住城中，后迁西乡。爸爸、继母、宁弟住新圩，我们姐弟住张老圩九房五叔婶处。

第二年春节后，我们妹弟及张氏旅人雇了大卡车径至汉口。干兄嫂凌宴池、贺吾兰，把大家安排在大陆银行大院里一幢房子中住下，要我住在法租界他（她）们家。并要我函促爸爸偕继母小弟同来汉口，一切由凌氏招待，但未得爸爸同意。后来我即随干兄嫂同到上海，与海霞重聚。

1938年冬正拟与顾志成订婚，忽得爸爸在合肥去世噩耗，真是晴天霹雳，从此父女人天永隔，再也见不到他慈颜笑貌了。我躺在床上，痛哭失声说："爸爸，我正要征求您的同意，在农历十二月十五日（*顾志成生日*）与他订婚，您却仙逝了。"

张元和

1996年2月

看不见的背影

1995年4月16日，早上6点28分，我醒了。我的心口有点痛，眼睛湿湿的。我是清清楚楚做了一个梦，一个伟大场面的梦。

一个丧礼的行列。我和大弟走在队伍的前面。我按住胸前一个桑皮纸的大信封，说这里面包的是我爸爸的骨灰。我和大弟走到一个平台上。大弟说要去换衣服，就我一人站在平台上，双手紧紧抱着桑皮纸包。我就醒了。爸爸是1938年去世的，到今天已经五十七年了。就是在梦里，我也见不到爸爸的背影，更没有看见爸爸慈爱的面貌。梦啊，你太无情了。

我爸爸有十个儿女，四女六男。我是他的第二个女儿。

1931年，我在光华大学念书。我爸爸住在上海，儿女们多数住在苏州。1932年，是放寒假的时候，我也在苏州。我的大弟宗和、二弟寅和，一位堂房弟弟蕴和（小名大黑子），还有一位堂房小叔，他们四个男孩子，都只有十六七岁。要我陪他们到上海去考光华大学。我们是1932年1月24日，坐火车由苏州去上海的。我陪他们到大西路光华大学考试。最后一天考试，正是1月28日，晚上就发生日本对上海的战争。

29日的早上，这个惊人消息，传遍了上海每个角落。人们都十分惊慌，等到我们定下心来，我马上去买火车票。上海开往苏州的火车，已经不通了。我爸爸非常着急，到处找人到十六铺买轮船票，好不容易才买到两张通铺。我们五个人，四个男孩和我一个女孩，已经很挤了。我爸爸很不放心，请男工黄四送我们。黄四是厨子黄二大师傅的弟弟。

1月30日的早上，我们一行六个人，去十六铺码头，码头上人山人海。找到了船，船上已经有很多人。我们总算找到了我们的铺位，因为这两个铺位靠近窗口。可是这两个铺位上已经坐满了人。我们只得请人家挤挤，才让出位子。从早上8点到我们六个人找到铺位，定下心来，已经快12点钟了。我们都没有带行李，更没有带吃的，大家都觉得肚子饿了，才想到要吃东西。这时候，船舱里还有一条小路可以通行。我们请黄四上岸去买吃的。

时间过得很慢，人越来越多，船上小过道也挤得水泄不通。一直到下午4点多钟，也不见黄四回来。我坐在大弟、二弟的中间，他们把我围在当中。幸亏是弟弟把我围在当中，否则我这72磅的人骨头都会挤断了。我的肚子很饿，可是这四个十六七岁的小伙子，肚子更是饿得吱吱叫。又是一个钟头过去了，还不见黄四这大男子汉回来。人越来越挤，严丝密缝的，简直是无缝可以插针。我们等呀等，瞅着黄四去的方向，心里十分着急。一心只希望黄四回来就好，忘记了肚子饿了。这样挤，黄四能挤得进来吗？我们都绝望地低下了头。

　　午饭没有吃到，晚饭也没有吃了。忽然听见有人嚷嚷"你这人真野蛮，怎么踩我的肩膀，又踢我的头！"我们五个人抬头一看，黄四像踩高跷似的，摇摇晃晃地朝我们的方向踩来。他手里高举着面包，头几乎顶到船的顶板，面红耳赤、一头大汗。我们五个人惊喜欲狂。我们伸出了手，脚并脚，挤得更紧一些，让黄四有一个插脚的地方。他七扭八扭地终于插到我们中间，赶紧把面包递给了我们。他呀，连擦汗的工夫都没有。我们大口大口地吞吃面包："真好吃，饿死了！"

　　黄四忽然想起，说："二小姐，你们的爸爸现在还在码头上。他老人家在早上我们前脚走后脚就到码头。我中午在岸上见到他，他说：'快让孩子们上岸，这样挤不行。'我说：'我去买了面包再说。'可是码头上到处买不到，我只好跑了许多地方，才买到这两个面包。等我回到十六铺，天都快黑了，码头上人少了些。我刚踏上跳板时，有人叫我，我一回头，是你们的爸爸。我的妈呀，这样晚他老人家还在码头上。他拉住我的胳膊：'快……快叫他们上岸！'我说：'上不了岸了！'你爸爸急忙掏出一叠钞票，塞在我手里。"黄四在口袋里掏出钱给了我。我收到一叠钞票，我的心直打战，我的头轰了一下。我的嘴里啃着面包，我的眼泪也啃着面包。

　　六年后，1938年冬，也就是卢沟桥事变的第二年，我的爸爸去世了。爸爸是逃难由合肥、六安到霍丘。后来听人说，我爸爸是吃了日本人放毒的井水，患痢疾去世的。那时候我爸爸才四十九岁。他在苏州办的乐益女子中学已经有十七年的历史了。

梦啊！请你再给我一个有情有意的梦。哪怕是只见到我爸爸的瘦削的身体和那微微弯曲的背影！

张允和

一封电报和最后的眼泪——爸爸和大大

一个愁云惨雾的冬天早晨，记得很清楚是1938年。耀平（即周有光原名）和我住在重庆七星岗嘉庐。我那天特别高兴，预备参加枣子南垭一家曲会。耀平吃过油条豆浆的早饭，他在农本局上班。他临走前，没有往常兴致好，他问我："你今天上曲会？"我说："怎样？你有事，我就不一定上曲会。""不，我没有事，你……你上曲会吧！"我说："我早点回来。"耀平迟疑一下："不，迟点也不要紧。"往常我一出门，他总叫我早点回来，今天？我心里想。

午饭后，我在曲会里马马虎虎唱了一支曲子，就坐不住，心里有事，没有等吃晚饭，就回嘉庐了。耀平下班回来。我们默默吃了晚饭。

他深情地看了我一眼："息一会吧！你累不累？"我说："我不累，没有等到散会我就回来了。"耀平低头从口袋里给我一封电报："昨天下午到的。"

"父逝，告弟妹，元。"我脑子里轰了一下。冷，我觉得由心里到全身冰凉，只有热的眼泪，滚到手上、电报上。

"爸爸，你走了，走得那么遥远，再也追不回来了！"

我的父亲张冀牖

我的大大（母亲）陆英

整整一夜，电报压在枕边，我未曾合眼。在这小小的亭子间里，看不见月亮，更没有星星。夜的沉默，更使我的脑子里波涛起伏。我的慈祥忠厚的双亲——爸爸和大大的音容笑貌，萦绕在我的脑子里。爸爸走了，我不在他身边；记得大大远离我们儿女的时候，我跪在她身边。

是秋天，是1921年10月16日的秋天。在苏州胥门寿宁弄8号的家里，大大快要断气的时候，一大群孩子跪在她的床两边，哭着喊叫。我就跪在她的枕右边。大大瘦得很，还是很秀丽。记得姨祖母谈到大大做新娘的时候，盖头一掀，凤冠下的缨珞一挑，那双凤眼一抬，闪闪发光，使每一个宾客大吃一惊。多美多亮的眼睛！可是现在，那双凤眼紧闭了，再也不能睁开眼睛看她的孩子们了。我看，她眼中泪珠滚滚，滚到蓬松的鬓边、耳边。我停止了哭声，仔细瞅着她。大大是听见我们的哭声、呼叫声。她没有死，她还活着。她哭，她知道她将离开人间。我想，我们不能哭，不能使她伤心。

我嚷着："不要哭，大大还活着，大大在哭。"可是屋子里人们的哭声、叫声更响了。谁也没有听见这十二岁瘦弱的小女孩嘶哑的声音。我被人猛地拎了起来，推推搡搡，推到屋子的角落上，推到了爸爸的身上。我一把抱住了爸爸。爸爸浑身在颤抖，爸爸没有眼泪，只是眼睛直瞪瞪的。

是一个多么凄惨的秋天下午，一直到半夜，到处是孩子们、大人们的哭声。我哭倦了，蜷伏在最小的五弟的摇篮里睡着了。

张允和

写于1954年，1996年重抄

爸爸办乐益

（一）接受五四新思想办乐益女中

"五四"运动时，爸爸接受了新思想，深知教育对国家社会的重要性。认为中国女子受教育的机会极少，真正的男女平等很难实现。因此蓄志创办女子中学，发展女权。

1919年爸爸离开上海定居苏州时，就和前一师附小主事吴研因、二女师附小主事杨卫玉、景海女师教务主任周勘成详细商榷，于1921年决定独资创办乐益女子中学，"以适应社会之需要，而为求高等教育之阶梯"。定名"乐益"，取"乐观进取，裨益社会"之意。爸爸和吴研因、杨卫玉、周勘成、李萼楼、王美、杨萼联等为发起人。又征得教育界先进廖茂如、郑晓沧、俞子夷、施仁夫、王饮鹤、陶行知、杨达权等为赞助人。发表宣言、叙述缘起。校址先设在憩桥巷，1922年迁入皇废基自建新校舍，有课堂、宿舍两座大楼，平房三十二间，雨中操场一所。占地二十余亩，广植白梅，并筑长廊茅亭，为师生教学提供幽美安静的环境。爸爸自撰校歌阐明办学宗旨：

乐土是吴中，开化早，文明隆。泰伯虞仲，化俗久成风。

　　宅校斯土，讲肄弦咏，多士乐融融。愿吾同校，与世进大同。

先由张季让谱曲，抗战胜利复校时，由三哥定和另谱新曲。

　　同年，又聘张仲仁（张一麐）、钱强斋、费仲深、汪鼎丞、刘北禾、王企华、王季昭、王季玉、蒋青嵚、张光彝、潘振霄、龚赓禹和原发起人为校董，组织校董会。

　　爸爸自己虽然不谙近代女子教育，但是虚心礼贤，经常求教于国内教育界耆宿。30年代我在上海读书时，就跟爸爸去过中央研究院和徐家汇天主教堂，访问过蔡元培和马相伯。爸爸要我替蔡元培和他在中央研究院门口拍一张照片。这张珍贵照片至今我还保留在身边。

　　爸爸还办过平林（男子）中学，但不久即停办。

（二）侯绍裘应聘来校任教并建立苏州第一个共产党组织

　　为了办好乐益，爸爸聘请的教师中，有不少具有民主思想和科学精神的进步人士。如侯绍裘、张闻天、叶天底、徐镜平、王芝九、胡山源、匡亚明、韦布、郁文哉、顾诗灵、李平心等。

1924年江浙战争时，乐益女中迁沪上课。当时侯绍裘任淞江景贤女中教务主任，也因战事迁沪，暂借上海乐益女中上课。爸爸看到侯绍裘办学异于一般，不但鼓励学生关心国家大事，学习新思想，并且还非常重视培养学生的独立生活能力。在1925年亲自去淞江聘请侯绍裘兼任苏州乐益女中和平林中学的教务主任。同年侯绍裘在乐益女中建立了中共独立支部，是苏州第一个中共组织，于是乐益女中成了苏州早期革命活动的一个据点。1985年9月，苏州中共独立支部建立六十周年，苏州市委在乐益女中旧址勒石纪念。

20年代，乐益女中的共产党员活动甚烈，因此遭到当局的注意，指责乐益女中"赤化"，多次派人威胁爸爸，让从速解聘侯绍裘等，否则要对他们采取行动，还要将乐益女中封门。爸爸无可奈何，乃藉口经费困难，解聘了他们，暗地里送他们一些安家费。

匡亚明在1928年任教乐益时，当局认为匡是共产党员，欲加逮捕。爸爸闻讯，嘱匡暂避。匡乃避居盘门姚家珍家，但是仍遭逮捕。爸爸嘱韦布四处奔走，证明匡是乐益教师，匡始被释放。韦布小舅后来也曾被捕。小舅曾经说爸爸："他请共产党人办学校，不仅在习惯根深蒂固的苏州，就是在全国来说，也是非常突出的。试问，当时有谁有如此胆识和魄力，敢把一个辛辛苦苦私人办的学校和反动王朝唱反调呢？他完全知

道他们是何等样人，照样相处得亲密无间。"（韦布小舅已在1996年7月3日去世，编者注）

（三）独出巨资殚精竭智办乐益

为了办好乐益，爸爸非常重视学校的基本建设，以及教学设备和正常的教学秩序。在这些方面，他花费了家产的极大部分，为此，受到家乡部分族人的不满和责难。他们斥责爸爸是张家的败家子，挥霍家乡的资财培养外乡人。根据王芝九在《谈谈乐益和平林》一文中所述："张冀牖办乐益女中，花费二万余元建新校舍，购置设备。对教职员工亦从丰付酬。高中教师每时一元，初中教师每时五角到七角。一年教职员薪金达五千余元，其他校工伙食、办公费等每年需两千余元，合计年需七千余元。但是学费收入不多，每学期还设减免费额十名，予品学兼优、家境清寒学生。年收不到两千元，收支相抵要贴五千元。平林中学租民房办理，每年租金需三千余元。张冀牖先生生活朴素，自奉甚俭，但是凡学校之所需，无不竭力予以满足。每学期开学前，就将本学期经费筹足，保证教学正常进行。"我记得有时姐姐哥哥们开学时拿不到学费和路费，一定要等乐益学期经费筹足后，有多余的钱才能成行。韦布小舅在《二一级毕业纪念刊》中谈到："乐益自创办至今，每年的经费和创办费等等，一股脑儿在内，当在

抗战前爸爸和四个女儿在苏州九如巷

二十五万元以上。其间始终没有一丝一毫是受惠于校主以外的第三者。"

（四）积极投入"五卅"爱国运动

1925年上海"五卅惨案"发生后，苏州各界纷纷声援，乐益女中全体师生在侯绍裘等人的领导下停课十天，广泛开展宣传和募捐活动，支持上海罢工工人。爸爸也积极参加了这一爱国运动。乐益女中除在苏州街头和去无锡的火车上进行宣传募捐外，还在学校搭台演戏三天。京剧名伶马连良和戏剧家于伶也从上海赶来参加演出。在爸爸支持下，元和大姐、允和二姐、兆和三姐、宗和大哥、寅和二哥、定和三哥参加演出了《昭君出塞》《风尘三侠》《红拂传》和《空城计》等戏。当时在苏州，女学生演戏是一件破天荒的大事，轰动一时。三天演出，场场客满。三天演戏的全部支出由爸爸负担。

据上海《申报》报道，苏州先后捐款达六千余元，"苏州乐益女中募捐最多"。上海罢工结束后，上海总工会把苏州工人和学生捐款未用完的退回苏州。为了纪念革命烈士和苏州人民反帝的决心，乐益女中和工人学生一起，用这笔钱去填平了乐益东边的小路，开成大路，取名"五卅路"。立碑两块，以资纪念。

（五）张一麐、叶圣陶等对爸爸的评价

张一麐："合肥张冀牖，为督部靖达公之孙，余同年霭青观察之子。侨苏日久，斥巨资建女子中学，曰'乐益'。靖达公曩抚苏，有遗爱，冀牖克竟厥施。"

叶圣陶："许多早期的共产党员，如侯绍裘、叶天底，还有张闻天等同志，他们把乐益作为开展革命的据点。有的在乐益教书，有的暂住乐益隐蔽。张老先生很了不起，他自己出钱办学校，把许多外地的青年请到苏州来教书。他大概不知道他们是共产党员，只觉得他们年轻有为，就把他们请来了，共产党从此在苏州有了立足的地方。"

黄慧珠："乐益女中的创办人是开明人士张冀牖，为使受压迫的女子获得受教育的权利，以毕生的精力和全部资财办了这个学校，从未接受过国民党一分钱的资助。人称他是一位具有蔡元培先生风度的人士。他的这种精神在我们今天面临着极需要加快开发妇女智力和人力资源，以适应开创社会主义建设新局面的新形势下，更值得学习和纪念。"

余心正："西欧的启蒙主义，一开始就和政治结盟；中国的启蒙主义，是和教育结缘。他以传播科学文化为己任，发展女权，创办女子中学是重要的一环。张老先生在这方面做了许多事，不愧为吴中教育界的一位启蒙先贤。"

寰和写于1996年9月

启蒙教育家张冀牖

"五四"运动以后，引进"德先生""赛先生"，从此中国面貌一新。

两年以后，苏州乐益女中开办，十七年共培育学生千余人。倡办者张冀牖先生虽然早已仙逝，可是报刊上还常有文章怀念"乐益"，感念先生！

就事论事，当时吴中办学成风，"教育救国"乃一时之时尚。"横看成岭侧成峰"，乐益女中也并非龙头，怎么贵公子出身的张先生却成了吴中的先贤呢？

叶圣陶先生的一封信透了底，"乐益"第一个引进革命党人，从此中共在苏州有了立脚点。先生慧眼识英雄，难能可贵。

他独立办学，没有丝毫奴颜媚骨。不接受当局拨款，不要教会一分资助。每年有十分之一的免费生，招贫寒子女入学，把乐益办成新式中华女校，容纳各种先进思想。尊重教师的人品学识，尊重学生个性和人格。保持教育的先进性、纯洁性、大众性。

他舍宅为校，倾家办学，不避家族的诟骂。信奉蔡元培的"三不主义"，身体力行，不做官、不纳妾、不打麻将，还加一条不沾烟酒。对子女教育耐心平等，讲明只留知识，不传家产。

他办学校的方针不平庸，十分先进。他做的校歌"讲肄弦咏、乐融融；益人益己，与世进大同"。校训——"蓄志办女学，助长女权"，"为民族社会，切实服务"。

我们不禁要问，20年代的张冀牖也是青年人，在黑暗沉沉的旧中国，以上的新思想，从何而来呢？原来他的祖父当过直隶总督，又是"洋务"中的儒将。书房中有洋专家、洋装书，花园里有"昆曲家班"，还把家产从田庄转移去办实业，这是一次战略大转移。而张冀牖把家产投向教育，是第二次战略大转移。张家三代人才走完这条智力投资的路，思想飞跃到近代的启蒙主义。

以蔡元培先生为首的"教育救国"运动，是一股解放的力量，一种没有教条的思潮。它的特征，就是对教育的尊重，对个性的尊重，对女权的尊重，张冀牖都做到了，所以虽然只活了四十九岁，却成了吴中一代贤士。合肥张家在苏州一支出十位专家，在全国各地培育出了一大批。这大概与他们有一位开明的祖上有关，又经过三代人的不懈努力，第四代才与千余名吴中桃李一起开花结果，教育真是一个伟大的系统工程。

余心正

追忆张奇友

人是最复杂的动物，观测决不可以简单化，而要耐心、细致、深入，经过相当时间、各种不同事故和场合。

张奇友，是我冒昧给他取的名字。他本名张武龄，在龄字辈排列老九，所以在家族里人称老九、九爹、九爷或九哥。但是据我所知，他从未用过这个名字，一直用"张冀牖"三个字。不过，他又觉得"冀牖"二字，笔画太多，有些人不认识"牖"字，更不清楚这两个字的含意，反正不通俗，他就常常简称自己为张吉友。要问他是否有名片？我以为他从不喜欢用名片，但是的确是有的，用"张冀牖"为主，另备一张"张吉友"。两种名片，除姓名外，都是空白。张原籍安徽合肥，"五四"运动后，举家迁居苏州，先在胥门内朱家园寿宁弄，租住一所较大的花园公馆，花园内池塘、假山、花厅，较有规模。到苏州不久，他就独资办了乐益女校。先借护龙街憩桥巷一个大宅为临时校舍，随即在城中心皇废基买了一块地，兴建校舍，而在校舍西面向南，盖了一排上下各五间的楼房，建筑装修都很不讲究，作为私宅。大门设在九如巷，后来全家搬进去住了。

福尔摩斯的脸型

我是江苏江阴长泾镇人，在长泾旧制高小毕业后，考入了苏州草桥中学（省二中），那时我大约十四岁。由于张冀牖先生（1889年8月13日生）与我胞姐韦均一女士（1899年8月4日生）结婚。从此开始，我读书、生活，以至工作，除了其中三个年头去日本求学外，在相当长的一段时间我都生活在苏州。非常有幸的，苏州成了我第二故乡。

在苏州，我接触到了第一位奇人，无疑就是张冀牖！

唉！亲爱的张奇友，恕我只能用拙笔介绍一下您那聪明睿智的尊容了。解放前，市面上出售的福尔摩斯小说，封面上有这位大侦探头像：高鼻子、瘦下巴、头顶微秃，有一双神采奕奕敏锐的眼睛。他习惯手握一个弯柄大烟斗。这幅大侦探的画像，我认为非常像张奇友先生的脸型。当然张先生是不抽烟的。他有高贵的中国知识分子气质，并无洋气。

福尔摩斯好像离开烟斗就不成其为世界大侦探，然而我们的教育家、思想家、"五四"以来的开明民主人士张奇友先生，其聪明睿智、伟大超脱，超出福尔摩斯不知若干倍。他是"五四"以来不同于一般的杰出的知识分子的典型。他是绝对的从来不抽任何烟，甚至滴酒不沾口的，而且，这样一个家庭，竟找不出一副麻将牌。

我好多年来接触张奇友，从未发现他有任何一样坏习气。要勉强说有的话，那就是坐马桶时间较长。他的注意力集中在身前凳子上的报纸上。他非常关心国家大事、国际新闻以及各种各样的社会新闻。凭我记忆所及，他每天看的报纸，有《申报》《新闻报》《时事新报》《时报》《苏州明报》《吴县日报》，以及各式各样比较出名的小报，如《晶报》《金刚钻报》，等等，每天大小报纸总有二三十种之多，都是他要看的。一位有条件、有钱、有时间，特别是有兴趣，或者说关心世界大事、国家大事、地方大事的人，每天非职业性地看这许多报纸的人，在我生活中所知，张奇友是惟一的。

我们决不可误解以为张先生整天只是看报而已。他最主要的活动还在于阅读书籍，真可以说他是手不释卷的。

奇友先生家里藏书之多，在苏州缙绅中不是第一第二，也是名列前茅。40 平方米的两间大屋里，四壁都是高及天花板的书架，摆得满满的线装书，整整齐齐。我想，其中肯定不乏善本。一个富翁富在藏书上，富在有兴趣、有时间去翻阅这些珍贵的书籍，不能不令人钦敬！同时也可以衡量张奇友这位富翁，真正富在哪里，可贵在哪里。

富在他的精神生活！可贵在他满身满屋书卷香！而事实上还不仅如此，因为，他还是站在时代前沿的思想新人。他可以说是完完全全从平等、博爱、民主主义思想出发，而同情普罗文艺思想的、站在时代尖端的新人物！他不薄古人爱今人。他藏书之中更多的还是现代出版的书籍。特别是所有的新书，尤其是各种名著不缺。我可以毫不夸张地说，包括一般的文艺作品，应有尽有，而且来得非常及时。

据我所知，苏州闹市观前街上，至少有两家有规模、批进新书及时，而且很齐全的书店：一家小说林，另一家振新书店。他们都和张先生非常熟悉。张先生一进书店，老板、伙计莫不热情接待，陪着在书架前选择。平时书店每逢进了新书就整捆地送上门。张先生买书都是记账的，逢年逢节才结算，由张府管账的付钱。

他买的这些书，一句话概括："五四"以来著名文艺作家的作品，都是最新鲜最富营养的精神粮食。举例而言，鲁迅先生新著，保证一本不漏。其余创造社、狂飙社……许多流派的新书名著，可能别人没有，惟独张奇友先生是一定有的。而且他绝非买来作装饰品摆样子，他都认真地整本整部读过。

如果我们要研究一下张奇友思想，我敢说是吸收了当代的新鲜营养，从而形成了他的思想体系。

上海看戏

张奇友先生的藏书和读书，在一个大庄园主、巨额资产者来说，实在是罕见的，这就说明了他的品格和气质。他的藏书中有大量的宋词、元曲、传奇、唱本，各式各样的戏剧论文和各种剧本，其中也包括中、苏、日本最新的剧本。从这里又表明他是一个酷爱戏剧的人。他除了在苏州有新的演出必看之外，还常去上海观看演出，那种狂热的劲头，确是绝无仅有的。

有关这方面的史实，有相当一部分只有我知道，因为我是参与者，是他带着我东跑西奔看戏。张奇友带我去上海看白玉霜。白玉霜是和中国老百姓共呼吸的大众艺术家。她一出场的台风能把全场观众都吸引去，屏息半天后，齐声叫好。那天，她下午先在一个偏僻的茶园里演，晚上又在霞飞路一家电影院里演。我们日里看了，张奇友先生急急忙忙带我在街上吃了点东西，赶到那家叫恩派亚的电影院，剧场里水泄不通，和日里情形一样。我过去从没有看过这种戏，只觉得它贴近观众，生动活泼的生活气息与观众的呼吸是吻合的。她有一个好嗓子，唱腔非常动听，有时候与道白揉在一起，更通俗耐听，乡土味重，非常大众化。

他带我专程到上海看戏，除了看梅兰芳等名角的京剧外，更多的是看话剧。就我现在尚能追忆所及，大致看了《五奎桥》《卡门》《阿珍》和《西线无战事》等。

1930年的下半年，田汉先生领导的南国社，在六马路中央大戏院演出《卡门》，奇友先生带我去看。记得主角是俞珊，演员有郑君里、金焰等。情节大概是讲一个烟厂女工同带枪的兵士恋爱与斗争的故事。观众拥挤，反应热烈。幼稚的我，对台上的一切都感兴趣，但是反动当局要禁演（据史料，南国社不久被封）。

在上海，我还跟奇友先生看了洪深先生的《五奎桥》，演出地点不在市内。我们乘车到郊外，才知道原来是江湾复旦大学在室内临时搭的台，非常低。我记得这个戏从头到尾只有一堂布景，就是一座石桥，桥的这一头的石级观众可以看到，另一头的石级在桥的那一头，靠近天幕。这个戏给我印象最深的是演老地主的袁牧之，好像戴瓜皮帽，穿绸缎长衫，外面穿件绸背心。袁牧之的戏，非常讲究角色外形的化装和表演。他在这个戏里，十指尖尖装了好几个长指甲，一手捧着一把雪亮的水烟筒，一手捏着吸水烟的纸媒，有时居然点着火吸上一口。这个舞台形象使我很难忘掉。戏是复旦剧社演出的，观众很多，情绪始终热烈，而张先生自始至终情绪尤其高昂。

文明戏倒也看过好几个，只记得有个《空谷兰》，别的都忘记了。

多少年来，张先生和我的均一姐，每年要到上海，在新世界饭店住一两个月或更长的时间，有时也让我去同住。当然看得最多的是京戏。张先生看京戏，一定要看戏码，然后才叫人订座。也有顺路经过戏院，恰遇好戏就兴冲冲临时订座的。

上海戏院门前有"案目"或"带座"，招呼客人非常卖力。他们殷勤接待客人到座位，敬茶，送热毛巾，递戏码单，摆好瓜子糖果。他们大多认识张先生，所以特别小心侍候。有不少次有好角色演好戏，张先生常常大请客，包了前面一二排的座位，把亲朋好友都请来看戏。他平时不乱花钱，但是在这种情况下，他又很大方。

我记得在苏州看了许多次的昆曲。苏州的昆曲传习所，是非常有名的，在昆曲式微的20年代开办，培养了大批演员，后来都成了名角，支撑了即将没落的昆曲，做了较大的贡献。我从接触昆曲到热爱昆曲，直到解放后50年代，在上海工作，响应国家号召"一出戏救活了一个剧种"，在上影厂接受任务摄制了《十五贯》，可说全是当年受张奇友先生的熏陶。我和"传"字辈的名角王传淞、周传瑛等一大批同志成了朋友。谈起三十多年前，张先生对他们的演出每场必看的情况，十分熟悉。原来传字辈的著名小生顾传玠，还是张先生的女婿！张先生对昆曲是内行，他的子女多能唱能演。

虽然耳朵重听

张奇友先生身体瘦而不弱，惟一的缺陷：重听。人们和他说话就比较吃力，要提高音量，大声说话。可是他才思敏捷，目光尖锐，对人察言观色的本事特别高。所以他与人谈话，反应能力不比人差。可以说，他并不全靠听觉。相反，彼此不开口，也能完成思想交流，真是尽在不言中。他喜欢同人在一起，特别喜欢找人谈话，绝不比耳朵好的人讲得少。相反，他的话真多，非常风趣而有分寸。他经常喜欢讲笑话。笑话之多，也是少有的。我认为这是因为他一生旷达乐观，有一颗善良的心，爱让别人在生活中多一点快乐。

他听觉被损的原因，还是在婴儿时期。他出世后，一直就在惊涛骇浪的船上，整日夜地被喧闹声威胁着，因而耳膜被震伤了。从小受了害，使他自己说话也受了影响，他发音很小，不是太清晰的。

那时没有助听器，而张先生从未因此烦恼。他特别爱听戏，除了视觉的享受，他更满足于听觉的享受。在二三十年代，家里就备了少说起码十几种留声机，从最老式到最新式的，无所不有。唱片大的小的不计其数。以京戏为例，从谭鑫培到梅兰芳，无所不包。

他还有各种各样的照相机，全是名牌，至少也有二十只左右。还有更先进的百代公司的家庭小型电影放映机，刚一问世，张先生就买了一台。当时流行美国喜剧明星卓别林、罗克的影片，大概相当于现今8.75毫米的影片，放十分钟就要换片子。他多次到江阴长泾，我们穷乡僻壤的岳家探亲，就带了他这个宝贝去传播科学、传播文明。银幕上出现卓别林、罗克，观众捧腹大笑，他也得到了更大的满足。

张先生是有思想的教育家，他还注意天文学。有一次，他问我："你知道吗？宇宙间我们以太阳为中心，有系列的恒星和许多流动的星球，包括彗星，等等。但是你知道吗？宇宙有几个太阳？"我摇摇头。他说："天上不只有一个太阳，有几个到十几个太阳。"几十年来，果然天文学家证实了这个问题。

宝带桥的碑

张奇友先生待人接物总是热情而亲切的，从不对下人摆臭架子，相处极为平常。1923年，我的姨母带我们到苏州，奇友先生热情接待，让我们住在阊门外铁路饭店（按现在标准，是三星或四星级的饭店）。我感到什么都新奇特别，和我们家乡的生活无法比较。我们住了几天才搬进他的公馆。

有一天，张先生特地带我一人到宝带桥去玩，乘的是什么交通工具，想不起来了。到了宝带桥，我欣赏五十多个桥洞，而他却在桥头徘徊，像在寻找什么。很快，他发现了一块小小的石碑。他招手让我过去看，我听命前去一看：上面写着张树声的名字、官衔和生卒年月，在清朝担任过江苏巡抚，后升两广总督。可能这座宝带桥和他有什么关系。详细情况我记不起来了，现在才想到，张奇友是在怀念他的祖父张树声。他虽然不做官，也要在苏州为老百姓做好事情。

张奇友是1889年出生的，我是1911出生的，两人相差二十二岁。我到苏州初识他的时候，他三十五六岁，我才十四岁左右。他非常疼我、爱我，经常带我出去玩。特别是给我阅读新的小说、新文学作品、新潮流杂志。即使他不是有意培养我，但是正在刚刚开化的青少年时代，怎能不受他潜移默化的影响呢？当然，是我自己不努力，不知道勤奋用功，以至到了耄耋之年，回顾一生，惭愧惭愧！

我青年时候，参加过一些进步戏剧演出活动。"七七"事变后，我是苏州抗战后援会戏剧组组长。8月15日苏州被炸，我们组织苏州演剧队，在太湖边上睡地铺，吃大饼油条，艰苦地工作。后来到南昌参加新四军，组织战地服务团。1937—1938年，在贵阳奉命办民众剧场。

1941年在桂林新中国剧社，担任第一任理事长。解放后投入电影圈去"触电"，当了电影制片人，有《三毛流浪记》《山间铃响马帮来》《护士日记》《十五贯》《二度梅》，最后调到珠影，拍了《七十二家房客》。前后不到三十部电影，我始终是制片人。

我所以要说这些，是因为我能够参加这些活动，完全归功于张奇友先生的引导，没有他也就没有我这一切！

殚心竭智办乐益

1925年前后，有一天，张奇友带我到乐益，我见到萧楚女。他刚从走廊尽头下台阶，奇友先生马上迎上去打招呼，握手。那时我才十四五岁，和萧楚女见面才一会儿，可是他的形象，却深刻留在我的记忆里。几年之前，我到农民讲习所参观，赫然看到这位烈士的肖像，印象马上在我脑子里再现出来了！虽然当年仅仅是一次握手言欢，见到遗容仍有震撼得我发呆的力量！据查，萧楚女并未在乐益任职，那次他有公干到乐益的。

同一天，在教员宿舍走廊里，看到一个人拿着一本书在看。张奇友又介绍我认识了张闻天。张闻天亲切地问了我几句话。我当时完全不知道张闻天是何等人物，很久很久之后，我才知道张闻天的历史。

张先生又介绍乐益的教务主任侯绍裘，他是张先生由淞江景贤女中请来的。侯是苏南一带党的领导，后来牺牲在南京雨花台。叶天底是图画老师，是苏州第一个党支部书记。我记不起是否见过他，叶也是位烈士。

张奇友请共产党人办校一事，不仅在习惯势力根深蒂固的旧苏州，在全国来说，也是非常突出的。试问："当时谁有如此胆识和魄力，敢把一个辛辛苦苦私人办的学校，冒天下之大不韪和反动王朝唱反调呢？""四一二"后，第一批共产党人被关被杀，接着又有一批共产党员和进步人士，来到乐益女中，他们是匡亚明、顾诗灵、郁文哉、丁景清和李平心、胡毓秀夫妇等人。

张奇友捐资兴学，绝非徒慕虚名，他是有抱负、有作为的。他亲手写的乐益校歌，明确写道："益人益己，与世进大同。"这"进"字，写得多么有分寸！要知道，当时苏州有那么多的学校，有教会办的、有公立的、有私人办的。其中有的把女子中学办成老太婆学校，用军营式甚至监狱式管理，还要女生束胸的呢！张奇友大反其道。他完全知道匡亚明、顾诗灵是何等样人，照样和他们相处得亲密无间。张奇友的确是殚心竭智办学校。

我后来也参加乐益办校。发现张奇友先生最大特点，是经常不断地向教育专家讨教、商议，虚心听取他们的意见。在苏州，我就常常跟他去访问景海女中教务主任周勘成、一师附小施仁夫、吴县县中校长龚赓禹。他不轻易向外地写信，为了集思广益，他亲自去南京教育部向教育家吴研因请教（乐益女子中学的章程就是吴研因先生制定的）。他和陶行知、廖茂如、杨卫玉、俞子夷等人保持经常的通信联系。张奇友和我常去上海，到了那里，一定要拜访尚公小学校长。

张奇友就是一位虚怀若谷、集思广益的教育家。他有十个儿女（四女六男），都是优秀人才。三子定和是我国名作曲家。小儿子宁和（我胞姐韦均一所生）毕业于巴黎音乐学院，与一位比利时姑娘结婚。中国解放后，宁和应周总理之聘任中央乐团指挥。我姐姐韦均一多才多艺，解放后在苏州文史馆工作，任苏州地区考古顾问，她没有到外国享福，在苏州活到九十六岁去世。

我要结束这篇回忆了，我敢说丝毫没有不根据事实写的。不过在写作过程中，情绪非常激动，只好信笔而至，顾不上行文的规则了。

韦布

（上文是韦布小舅写我父亲的文章。韦布舅已在1996年7月去世。敬录此文以志哀悼。允和记）

张华奎传

　　张华奎，字霭卿，安徽合肥人。由分发四川道员中式（科举考试被录取叫中式），光绪十五年（1889）进士，奉旨仍发原省以道员补用。十七年川督刘秉璋檄办滇黔区引盐务，盐务素称弊薮（音叟，集中处），华奎悉心厘剔（以全力清理消除），事治而商不扰，遂署川东道。时大足龙水镇教案方起，部民（所属地区的人民）余栋臣以义愤聚多人，数百里汹汹骚动。华奎至，会营调团分解其势，党众遂散，主教挟此恫吓，索偿甚奢，华奎酌予恤银五万两，据约力争定议。终华奎任，民教不复滋事（见《交涉篇》）。大足教案定后，重庆新通海关，讹言岌岌，华奎晓譬绅商，采长江各关章程设关，定停泊地，裁新旧厘金陋规，清积弊，岁增解银（上缴税收银）十余万，秉璋嘉其能。十八年补建昌道，调署按察使（清制为一省司法长官），移成、绵、龙、茂道，二十一年回任建昌道。适鹿传霖督川，以华奎长于交涉，檄署川东道，与各国领事、主教在重庆定结成都教案。日本通商重庆，马关约也，华奎预与税司勘租界，定王家沱为商埠以待之，日本总领事珍田拾已至，别索江北厅地，华奎以非原约拘之。往复磋议，卒如原拟定合同。语在《交涉篇》。是冬，保荐卓异补（以政绩优异

卓著，实授）川东道。川东既设子口税（清代海关税率名称），
商运土货，每借以漏厘金，华奎公行其罚（秉公处罚），英领
事争之不为动。先后川东数年，凡交涉皆智在事先（周密考虑
在事件发生之先），力维大局，余所兴除尤多，积劳咯血，于
二十二年八月卒。（据《清史·列传》）

　　注：祖父亲笔书与靖达公称"儿子云瑞"，淮军人物志
张氏世系表写云端，误。

　　二叔祖原名华轸字次青，又名煜林。

　　三叔祖名华斗字笠青。

　　以在大房先是华字辈，及至大排行又是云字辈。

充和注

本来没有我

1909年，在安徽合肥的龙门巷一所大院里。夏天的早晨，不到三点钟，中国人说这是丑时，一个女娃娃离了娘胎。人家都是哇哇地生下来的，而我是默默无声地落草的。一个没有生命的小东西。

老人们告诉我，脐带紧紧绕了我的细脖子三圈。窒息得太久的婴儿，小脸已经发紫。我的老祖母，坐镇在产房里，千方百计要把死的搞成活的。

这一年夏天，比往年更热。我是阴历六月初九，也就是阳历7月25日生的。在这六月的天气里，产房里的一群妇人围绕着这个不满四斤重的婴儿，忙得汗流浃背，气都透不过来。比鲁迅文章里的九斤老太，我是惭愧得很。

收生婆先把三圈脐带解开，再把婴儿倒拎起来，给我拍了几十下屁股。我不怕痛，不吭声。又用热水、冷水交替着浇婴儿的背和胸。我不怕热，更不怕冷，也不吭声。人工呼吸，那时是新的玩意儿，也算是采用了。只是不吭声。先后用了十几种方法，我就是不吭声嘛！时间一分、一刻、一小时地过去了，已经过了上午十点钟。我始终绷着越来越紧的小脸，再也不吭声。

有人说，这个女娃娃不会活了，已经花了七个多钟头的抢救。她是老天爷没有赋予生命的小东西。再花多大的气力也是没有用。

可是老祖母不同意。我的祖母没有生过孩子。我的父亲是五房承继到大房来的，在生我之前，我母亲已经生过三个孩子，只留下两个。祖母已经六十多岁了，盼孩子已经盼得快要发疯了。

男孩子好，女孩子也好。她想，能生女孩子，就能生男孩子。

这时候老祖母坐在那张紫檀嵌螺钿的古老的圈椅上，像一尊大佛。她既是命令，又是哀求那些七手八脚的女人们，再想想，还有什么好办法没有。

一个喜欢抽水烟的圆圆脸、胖乎乎的女人说："让我抽几袋水烟试试看。"大家心里都嘀咕，方法都使尽了，你又有什么神通，从来也没有听说过喷烟会喷活了婴儿。但是谁也不敢反对。

于是乎这一个女人忙着找水烟袋，那一个女人忙着搓纸芯，一大包上等皮丝烟已经端上来了，胖女人忙着点起烟来。

收生婆小心捧起了婴儿。胖女人抽了一袋又一袋的烟，喷到婴儿的脸上。又是一个钟头过去了，产房里除了抽水烟的声音，什么声音也没有。收生婆心里数着一袋一袋的烟，已经五十袋了。婴儿板着越来越紧的丑小脸，始终不吭声。婴儿的身体也越来越发紫。蒙古斑也看不清了。她只有一个瘦瘦的小尖鼻子还算逗人喜欢。

抽烟的胖女人虽然过足了烟瘾，但是她很疲倦，汗从脖子一直流到脚跟。收生婆更是疲倦，捧着我，两只手酸得要命。别的女人忙着替她们俩擦汗。这么大热天，谁也不敢用扇子。

这正午的时候，天气热得叫人一无是处。产房里的人们希望来一阵暴雨，似乎这个希望比救活婴儿更重要。

大家望着白发苍苍满脸皱纹的老祖母。老祖母坐得笔直，把她的驼背都几乎伸直了。她把眼睛睁得圆圆大大的，从半夜到现在，快八个钟头了，她老人家，巍然不动。女人们除了给产妇喝些汤汤水水外，谁也没有想到自己喝水和吃饭。

时间过得真快，也真慢，又是一个钟头过去了。时钟响亮地敲了十二点。老祖母闭上了眼睛。她是信佛的，嘴里想念佛，但是产房是个不洁净的地方，不能念。老祖母想唤回婴儿生命的战斗怕是没有希望了。她知道这些女人只要一声命令，马上就会停止这种艰苦的工作。

收生婆捧着婴儿，手酸得抬不起来。她把婴儿放到她的扎花布的围裙里，深深地喘了一口气。为了解除疲劳，她默默地算着喷烟的次数，是整整一百袋烟了。她无可奈何地对老祖母说："老太太，已经一百袋烟了。老太太，您去歇歇吧？"她说着说着，就把围裙里的婴儿不经心地抖落到脚盆里去了。因为是个死孩子，婴儿滚到盆里，三百六十度的大翻身，我的小尖鼻子掀了掀，小嘴动了动，是受了很大的震动。可是谁也没有注意。

老太太眼里满是泪水，伤心地说，"再喷她八袋烟，我就去休息。"老太太手里平常总有一串佛珠，珠子有一百零八颗。她相信一百零八才是功德圆满。

胖女人无可奈何再抽烟，喷到脚盆里。她决定以后要戒烟，这烟抽得太不顺利了。她抽了喷，喷了抽，喷得又利落又爽快。她不屑顾盼这个死丫头、丑丫头。喷完了八袋烟就可以休息了。一袋、两袋、三袋、四袋，时间更是飞快地过去。

老祖母颤巍巍地站起来，走到脚盆边。孙女儿是完了，看她最后一眼吧，总是我的后代。

她老人家泪眼模糊地向烟雾中的孙女儿告别。她似乎看见婴儿的小尖鼻子在掀动，小嘴似乎要讲话。老祖母想"我是眼花了"。她阻止胖女人再喷烟，用手帕擦干净自己的眼泪，再次低下身子去仔细盯着婴儿。

奇怪，不但鼻子和嘴唇在动，小瘦手似乎也要举起来，仿佛在宣告："我真正来到了人间了！"

这一下老祖母又惊又喜，站立不稳，身子几乎倒下来，布满了红丝的眼睛闪烁着生命的光耀。她忙叫着："活了，活了，你们看！"大家拥向脚盆边，果然，婴儿十分轻微的啼声都能听见了。一屋子的人都沸腾起来。人们忘记了疲劳，忘记了是在闷热的产房里，大家高兴地呼喊："活了！""真的活了吗？"门外的人也跟着喊，"真的活了吗？"

天空闪烁着电闪，照得产房里通亮。天空中霹雳响的雷声像炸弹一样爆炸开来。人们所希望的大雨，马上就要来临。可是产房里的人们没有看见明亮的电光，看到的是，一个小生命的更大的光亮。她们的耳朵也对雷声没有感觉。这小小婴儿的十分轻微的哭声——不是哭声，是笑声——淹没了巨大的雷声。

老祖母阻止了人们的欢呼，生怕把那娇小脆弱的孙女儿吓死。收生婆连忙从脚盆里轻轻地抱起了婴儿，这才捧了一个活宝贝了。

真是奇怪！一个平凡的女人，就是这样不平凡地诞生的。

张允和

1958年张允和在八大处三处

我的奶妈同陈干干

我的奶妈姓万，长方脸，皮肤白净，牙齿整齐，很稳重，不多话，我叫她妈妈。

记得吃奶吃到五岁才断奶。吃奶时，她坐着，我站在她两腿之间，吃几口，跑去玩；再来吃，是否真吃到奶，就记不很清楚了。

我幼时，玩具不少。她用火油箱改制的，盖子可掀起来的箱子，替我把玩具都安放在箱子里。玩时拿出来，玩后收好，一点不让乱。

我喜欢的玩具中，有一根杆子下面一个洋铁彩色蝴蝶，推动起来，跟着走，它会翅膀一扇一扇地飞，咯嗒咯嗒地响个不停，我也笑个不停。

最有趣的是火车，奶妈把机器用钥匙开了，放在几节装凑起来的椭圆型轨道上，它绕着轨道行驶，还会放气，我总拍手，高兴得不得了。

有一次，不知为何事，我同奶妈并排坐在床沿上，我打她一下手背，她打我一下手背，两人都不说话，你一下，我一下，打了很久。我忽然跳下床，转身说："我上楼告诉大奶奶（读阴平声）。"就从床头旁边的门到后面去上楼。

带兆和三妹的朱干干惊慌说："奶大姐，大毛姐去告诉大老太，那还得了，她是大老太眼珠子，你一定要挨骂了。"

我奶妈稳坐不动，对朱干干摇摇头，悄悄说："不会。"

朱干干轻手轻脚，走到我床头旁的门口，伸头朝上一望，见我坐在楼梯转弯地方，并未真上楼去。回去对我奶妈说："你真懂大毛姐的心思，她坐在楼梯上哩！"我奶妈笑笑说："我晓得她不会告状的。"

我七岁时，奶妈回安徽自己家去，得了病，不治而死，否则她还会来带我的。

当时我们住在上海铁马路图南里，奶妈走后，因祖母疼爱我，我就搬到楼上，住祖母后房，由陈干干带我了。

陈干干是安徽无为州人，小脚，做事非常利落。我家女工中，她可算是全福人，老公在家带三个儿子种田，因为年成歉收，她才到我家帮工的。一直在我祖母房中做事，替祖母备早餐，烧私房菜，我极爱吃她冬天烧的鲫鱼萝卜丝，是用文火在砂锅中焖熟的，太好吃了，至今想起来还有余味。

她教了我民间的一些童谣："排排坐，吃果果……"，"踢菱角，摆菱角……"，等等。夏天乘凉，躺在竹床上，看着天上星，就唱：

> 天上星，地下钉，钉钉拐，拐拐钉，钉钉拐拐挂油瓶。油瓶破，两半个。猪衔柴，狗推磨，猴子挑水井栏

坐。鸡淘米，猫烧锅，老鼠关门笑呵呵。鹰来了，哦！

（这个声音拉得很长）

也讲些她在乡下的事及到我家来的一些事。有几则，我一直记得的，如：

（一）某天，她同窦干干、孙姓女工三人装新人结婚。也许是我父母婚礼引起她们这个游戏。陈干干扮新郎，穿我父亲当新官人时的靴子，戴上礼帽，脸上还抹点脂粉；姓孙的扮新娘，顶了红盖头。窦干干拿大缸内用剩的喜果（长生果、胡桃、百果、桂圆等等，都是染了红色、绿色的），在新人后面撒。又搀新娘下轿，拜堂，送入洞房……将饮交杯酒时，我祖母午睡醒了，在房中叫："老陈！老孙！"陈干干慌忙去帽，脱靴，急急跑到祖母面前。祖母见她匆匆忙忙跑来，脸上又有脂粉，只笑笑，并未责备她。可是她却不自在，很不好意思。

（二）家中每年要买大批柴禾储备应用。那天，后门大开，男工们正忙着用大秤，秤柴进院。窦干干拿布包了头，穿件有补丁的破衣裳，手里拿根棍子，趁人不防，坐在一个柴堆上，低着头，一声不响。黄狗见了她汪汪叫，后知她是家里人，不叫了，窦干干有意晃动竹杆，惹黄狗叫。厨房男工见叫化子混了进来，连忙盛一大碗饭加些菜，端到她面前说："嘟！快吃了饭，出去，不要在这里碍事。"窦干干用棍子狠狠在他腿上打一下说："十娘，哪个碍你事？"男工一看道："啊唷！窦大妈，原来是你呀！"

（三）夏天午后，女工们在厅后，纳鞋底的纳鞋底，打麻线的打麻线，做针线的做针线。每人都有个针线簸子。

老孙倦了，闭上眼打瞌睡。姑母那时十多岁，见她睡得很熟，就用两块小布涂了麦糊，贴在她两眼上。过了好一会，祖母叫："老孙！老孙！"她眼被粘住睁不开，惊慌得大叫："不得了，我反背瞳仁，看不见东西，坏了！坏了！"大家哄然大笑。陈干干却应声到祖母房中做事了。

以上三则小故事就是在合肥家中发生的，离现在约有一世纪了，那时还没有我哩！

她还讲过一个她自己的事，说时，好像在说别人的故事，毫不动情。她道："我生了大的女儿及三个儿子，又怀了第五胎，足月生产的时候，没人在家，我站在房门旁，背靠着长扫帚杆子，生下一个女孩，等衣胞下来，我顺手把衣胞盖在小孩脸上，就当没有生她。"

祖母逝世后，我们迁居苏州胥门内寿宁弄八号一所大宅院。陈干干带我住在后进楼上，东窗下面是花园的荷池，有龙睛凤尾金鱼不少，水阁凉亭也在我窗下。池那边有棵高大柳树，时有老鹰来栖。左边是花厅，右边有假山，山上有座六角亭，使我置身园林间，怡然自得。

陈干干照应我日常生活，也学祖母无微不至地关心我。

女孩儿家生长过程中不懂的事，她也会告诉我，帮我料理。

我们吃午饭及晚饭后，是她们女工吃饭时间。我们剩下的菜，再加她们的菜齐齐一桌坐着吃，我喜欢看她们吃饭，她们都吃得很香，尤其陈干干吃得快，总是第一个先吃完。

她极勤快，见到地上有纸屑或其他东西，立刻拿扫帚扫干净，是非常整洁的人。

我大学毕业后，在海门茅镇县立女中当教务主任时，她来探望我，我为她做件黑华线葛丝棉棉袄御寒。她穿起来很有派头，其时凌海霞是该校校长，校旁自己买了块地，养些鸡鸭，种些瓜果，有乡村风味。

一天我们的母鸡中有一个孵出一窝小鸡，陈干干见了，惊喜说："都是小黑鸡，太好玩了。"她把几只小鸡放在棉袄里，在胸前兜着它们，慈爱之情显现。我想不到她这么爱小动物的人，会亲手弄死自己的亲生女儿，这是困苦环境及重男轻女习俗造成她的狠心吧？

张元和

1996年9月写于美国

红双喜——我想我的好奶妈

我的弱小的生命，像大海中的一滴水，像早上大雾中一粒细雾，又像我们小时候轻轻一吹就破的"滴弄"。"滴弄"：很薄的玻璃瓶玩具，一吹就发出滴滴的声音，吹重就破了，更像"摇漾春如线"的一根游丝。可是我的小神经，却像电流一样，轻快又健壮地活动到现在八十八个春秋。

好奶妈，我不知道她的姓，更不知道她的名字。她是我一生下来看到的第一个人。她是一个羞怯的乡村少妇，丢下她的壮健的女儿来哺养我。而我却是一个人世间最难哺养的早产婴儿。我在母亲肚子里，不耐烦地待了七个多月，就急急到了人间。可是我生下来，是一个不声不响、不哭不笑的婴儿，多亏好心的人们救活了我——这个放在氧气包里也不一定能救活的婴儿。

我的奶妈有乌黑、深情的大眼睛，那么温和慈爱。她有不高不矮的端正的鼻子，但是在喂奶的时候，总是避开我的脑门，怕鼻风吹坏了我。她粗大而又柔软的手轻轻地拍着我。她的嘴里唱的是叫你进入神仙世界的催眠曲。我是她胸前的小袋鼠，遇到一点叫我害怕的事，我就躲到她的怀里，像小袋鼠进入妈妈口袋里一样。只要她搂着我，我就感觉到平安无事

了。虽然她刚来的时候，只是为了钱。可是当母亲把责任交给
她的时候，我就成了她自己的一部分。

她不让太阳晒我的小脸，也怕微风吹我的柔发。她之对
我像合肥乡下一首民歌：

> 高楼高楼十八家，打开门帘望见她。粉白脸、糯米
> 牙，板子鞋、万字花，大红袄子四拐"爹"（zha）。回
> 家去问我的妈，卖田卖地娶来家。热水又怕烫了她，冷
> 水又怕寒了她；头顶又怕跌了她，嘴含又怕咬了她；烧
> 香又怕炙了她，不烧香又怕菩萨不保佑她。

我的奶妈对我就像小伙子爱他新娶的媳妇一样。

辛亥年（1911），革命的时候，我二十二个月，我们全家
二十多口人，由合肥龙门巷，坐船到了上海。先住麦根路，后
住铁马路图南里。

我在三岁前，生过无数次的小儿惊险疾病。我好哭，也
许是为了我生下来十个小时都不吭声的缘故，所以我得痛痛快
快地哭。早上天不亮、鸡未叫我就哭了。除了厨子喜欢我，可
以请他早起做早饭外，许多人都不喜欢我。人人都喜欢胖乎
乎、一逗就笑的孩子，谁喜欢我这个瘦骨嶙峋、一逗就哭的孩
子。我那时不在乎，我有奶妈的爱足够我享受。

我三岁半的时候，正是除夕，两个奶妈带我和三妹（她比

我小十四个月），向长辈们辞岁后，回到我们楼上小绣房来。两个奶妈讲故事，这一个故事是我一生听到的最美丽的故事：

> 乡村姑娘多在"腊八"（阴历十二月初八）出嫁。而老鼠在除夕嫁丫头。有个小旗小伞的仪仗队、小锣小鼓丁丁冬冬热闹着呢！前面有几十抬箱的嫁妆，比我们小孩子"过家家"的玩具还要小。新郎小老鼠穿着马褂，骑着小白马，马头上还有红绒球，好气派！最后有一顶小花轿，八个穿着红背心的小老鼠，抬着新娘。她头上戴着小凤冠，穿的是小霞帔，手里拿着盖头的大红绸手巾，这个小老鼠真美！

我听了着了迷，就问："今天晚上我能看见吗？"我的奶妈神乎其神地说："当然看得见，我们现在应该给小新娘送礼才行，它们会来收礼的！"两个奶妈办来的礼物是糕饼、瓜子和花生，每个糕饼上都插上绒花。最有趣的是一朵红双喜的绒花。我刚在方块字上认识一个"喜"字，这是两个"喜"字并在一起，我爱上了这朵红双喜花。三妹的奶妈胖，她搬了椅子，再加上一个小板凳。我的奶妈爬上凳子，把礼物放在橱顶上。这晚上我要看老鼠拜堂，不肯睡觉，我奶妈好不容易把我哄睡了。

过年的前几天，家里很热闹，亲亲眷眷、老老少少都互相拜年。还有许多好玩意，我把老鼠嫁丫头的事情给忘记了。一天晚上，我快睡觉的时候，忽然想起，那些小老鼠拜堂没有？收了我们的礼物没有？埋怨奶妈那天骗我睡觉，使我没有看到有趣的场面。奶妈给我闹得没办法，她匆忙把小凳子加到椅子上，她爬上去拿礼物，最后她拿到的是一个插红双喜花的馒头。奶妈好喜欢，一面笑一面下来。不想凳子没有放好，她跌了下来，这下把腿摔坏了。我当时大哭，直到哭倦才睡着。

第二天，我奶妈回乡养伤去了。从此，我就再没有见到我那好奶妈。

今天，我已经是八十八岁的老太婆了。我的血液里还依稀有她的乳香。我是多么对她不起，没有她的三年多的哺养，我也不能活到今天。

奶妈一走，我不但鸡未叫就哭，半夜惊醒的时候也哭，"无事阑干"（合肥土话，无缘无故的意思。），也哭。尤其看到红双喜花，更是哭得无了无休。后来红双喜花被带我的窦干干藏起来了。

我一生就爱红双喜。会剪纸的时候，剪的是红双喜。后来在北京昆曲研习社演出昆曲的时候，如果我演丫头，我必定在鬓边贴一朵红双喜花。

张允和

1997年4月1日

大大和朱干干

我的九个姐弟出生后，吃了两年奶妈的奶，即行断奶，由干干带领。不吃奶，干带，所以叫干干。干干全是寡妇，不是寡妇不会外出帮工。我的朱干干有一儿一女，她为了让儿子能进私塾念书，把女儿给了人家当童养媳，独自一人外出。

大大儿女多，家务忙，还要管合肥的田租账目，忙不过来，因此不得不把孩子交给干干，要干干严厉管教。我们叫母亲"大大"，干干却叫"娒妈"。每个干干带领一个孩子外，还兼领一份杂务。比如窦干干带二姐，同时还管女教师和我们的早饭菜。大姐是祖母的宠儿，吃住都随祖母，由陈干干带领。朱干干除领我外，还替大大梳头、收拾房间。

有一次，大大忽然想起要在干干中推行识字运动。因为干干中，除了领二弟的郭大姐能唱唱《天雨花》《再生缘》，再没有第二个识字的了。

高干干是个沉默寡言的人。有时大大在报纸上看到些有趣的事，如"鸡兔同笼"，只有学生才会考虑的四则算题，高干干居然算得出来笼中有几只鸡几只兔，我非常佩服（因为我算术最差）。

大大每天早晨趁朱干干为她梳头时，排开二十个方块字在桌上，一面梳头，一面教朱干干认字。没有多久，朱干干竟把一盒字认完。认字以后，她还不甘心，又自己花钱，买来九宫格大字纸，练习写大字。不记得有多久，居然能自己阅读《天雨花》《再生缘》，不必劳郭大姐说唱了。到后来，连《西游记》《三国演义》也能勉强看下去。每晚在一盏煤油灯光下，十分耐烦有兴致地看。遇到不认得的字，就把我踢醒问我。那些古人的名姓，都是平时不常见到的，我不认识，就胡诌乱说，她也信以为真。她认为，我们既进了书房，一定认识，经常向我和二姐问字。

有一次，朱干干向我和二姐招手示意，要我们跟她到厢房去。原来，为了酬谢二姐和我，她请大师傅做了一大盘醋溜黄鱼！我同二姐美美地饱餐一顿，为我一生中很少吃到的好黄鱼。

从上海搬到苏州寿宁弄大宅院，天地广阔多了。有一次，朱干干从外面捡到一只小狗，就带回来喂养，取名阿福。阿福长大了，除了两只黑色下垂的大耳朵，全身黄色，尾巴也是黄的，卷的，毛绒绒的，好看得很。你拍拍它的脑袋，它就向你摇尾巴，又雄壮，又亲人。

夏天日长事少，常常看到朱干干手执鞋底，坐在小板凳上打瞌睡，阿福也伏地而卧。因为圆门外就是花园，通风凉快，她同黄狗睡得十分酣甜。

我是从来不睡午觉的，走路总是蹦蹦跳跳的。有一次我从前厅通过过道往后院跑，忽然阿福发疯似地从内院往外跑，我躲闪不及，被撞倒在地，跌得好重，我不敢吱声，揉揉疼处，悄悄走开。我怕朱干干骂，我又爱阿福。

对朱干干，我要写的太多。后来她把自己的孙子送来北京念书，解放后参加革命，在农村做了不少工作。她非常有毅力，有自己的看法，从不动摇。

她从小带领我，教育我，对我要求严格。我这辈子经过多少风风雨雨，得以颐养天年，至今不衰，一部分和朱干干对我教育有关。我要写的还很多，一次写不完，以后再续。

张兆和

1997年6月27日

我的汪干干——老妈

家里每个毛姐、毛哥断奶后，都由一位干干带大。不是湿带（喂奶），而是干带，所以称"干干"，也是干带的意思。

除了二哥的干干有名有姓唤郭大姐海波外，所有干干都只有姓，没有名字。陈干（大姐元）、窦干（二姐允）、朱干（三姐兆）、钟干、张干（四姐充）、夏干（大哥宗）、郭大姐（二哥寅）、高干（三哥定）、我的汪干，那时最小的五弟又由陈干带。九个小孩就有九位干干带。我一直叫我的汪干——老妈。

老妈，合肥北乡双墩集人。娘家姓汪，婆家姓刘。婚后添了个儿子，不久丈夫就病故了。年轻的她趴在棺材上号啕大哭。很伤心，很累，也很饿。开饭时家人盛碗饭给她，她一下就扒干净了。接她空碗的人问道："大姐，还要添不？"她这才脸一下红到了老颈巴子。一大海碗饭，还有几大块炸肉呢！该派什么都吃不下才合适，可她没有装模作样。她回忆说，自己也好笑。

干干们大都命薄，很早失去了丈夫。老妈更苦。守寡后，好不容易把儿子拉扯到娶亲，才生了个丫头，儿子又死了。家里没有男人支撑，才出来帮人。到我家还拖了个孙女小二翠来。后来二翠上了小学，傻乎乎地说："我家三个人三个姓，奶奶姓汪，妈妈姓方，我姓刘。"她还觉得很有趣。方大姐从乡下跑出来，为的是族里人逼她再嫁，到上海纱厂做工。不时到苏州看女儿，总带些红枣、桂圆孝敬老妈。可惜没有几年，劳累过度，害痨病死去。老妈虽说命苦，脸上总还堆着笑，好像都无所谓，听天由命。

老妈干活很利索，胆子又大，比井绳粗几倍的大蛇，干干们中只有她敢打。身体虽壮实，却有多种病痛，主要是生孩子三天后就下地干活。她信偏方，为治腰痛，把干蜈蚣、蝎虎夹在粑粑里吃。有一次我爸爸看见她在井边拾掇猪头脑，说是吃了治头痛。我爸爸问她："人头痛吃猪头脑，猪头痛吃什么呢？"老妈睁大眼睛："猪还头痛！"她觉得这位知书识理的少爷也不怎么的，同样有可笑的地方。

她没有文化，一字不识，是干干们中最笨拙的一个。住九如巷那么多年，除了离家不出一百米的平桥头外，到观前街就认不得回家。说话虽然平和，用语却极端粗野，可是没有恶意。十姑娘、倒姐姐之外，管吃叫"丫"或"入攘"，如"入攘饭"；喝叫"灌""灌茶""灌汤"；睡叫"挺尸"；闲话叫"嚼蛆"；闲逛叫"骚浪"；哭叫"淌猫尿"。更创造性地把鼻涕和脑浆混为一谈，常常朝着拖鼻涕的我吼："看你，还不赶紧把头脑子打浪打浪。"

自己不识字，还很讲经。是嫌孙女的名字翠英不好，央小学老师另取个学名。听到起名叫"佩珠"，大发脾气。"已经是牛（刘）了，还配个猪（珠），看来读书人不怎样！"

说她不文，也不尽然，有一次问我为何骚浪到天黑还不回家。我回说："演戏，老师叫练习表演。'表演'，你懂吗？"她本来就对老师不那么佩服，冲着我说："我是不懂，'裱眼''裱眼'，还'糊'鼻子！"倒蛮会散扯的。

憨厚老实的老妈是干干们开玩笑的对象。她从不恼，有时还配合得很好。郭大姐是干干们中的秀才，欢喜热闹，成天乐呵呵的。她什么戏都爱看，上至姐姐们的昆曲，下至我们小学生的《麻雀和小孩》，全有兴趣。乐益女中开会演出时，她爬到窗框上，一双小脚一站几小时，也不叫累。干干中就她认识不少字。常在院门洞内或走廊台阶坐下，围上一群干干听众，听她又讲又唱《再生缘》。看着唱本，有精有神说唱。又是皇甫少华公子落难，又是孟丽君小姐如何女扮男装，得中状元的故事。说到伤心处，赢得干干们满眶泪水。老妈虽然一知半解，也跟着大家抹眼泪。

最有趣的一次，钟干随四姐来了。那时四姐跟亲奶奶住在合肥，不常来。干干们把钟干干当作大客人。在干干们的房里，郭大姐歪歪嘴，让钟干注意睡在床上老妈隆起的肚子。钟干会意地轻轻问："那么多年都挨过来了，还……"郭大姐微微点头低低拉长声音说："哈不讲来。"（谁不那样说呢）

大家盯住一语不发涨红了脸的老妈。钟干深情地拉住老妈的手，半天没有一句话，不知是责备、安慰还是同情好。蓦地里，郭大姐伸手从老妈的棉袄下拖出一只姐姐们唱昆曲用的板鼓来，顿时人人大笑。钟干这才一边大叫"郭疯子，郭疯子"，一边追着要捶郭大姐。还说老妈真会"裱眼"。老妈只是憨笑。这是我亲眼看到的一出戏。

说老妈从不生气也不尽然。毛哥们玩着玩着就吵架。干干们总是维护自己带的毛哥，互相吵闹。当干干们气还没有消的时候，我们又玩到一块去了。不过最叫她伤心的事，是我那双不争气的脚。我们都穿各自干干做的布鞋。她鞋做得很细致，鞋底针线纳得很密。倒不是为我穿鞋生气，而是为她做得那么格振振的鞋上不了脚。我的脚的确是出奇的丑。左脚大拇指特大，右脚大拇指又向内拐。老妈自以为做的鞋子很俊，一上我的脚就没有个样子。不怪每次试新鞋，她看了直摇头，老是叹气说："没有见过世上有这双脚！要是长在我身上，日里不得手（没工夫），晚上也下狠心把它剁掉！"

干干们在我们张家一待就是十几年、几十年，像自家人一样，对我们吃、穿、用，样样都管，很有权威。最烦人的是管头管脚：吃饭不能咂嘴；不许把饭粒撒到桌子上；吃西瓜不让挑大块；不准吹口哨，用她的话是嘴撅得像鸡屁股眼似的，那不成！要站有站相，坐有坐相，规矩忒多。

很快我长大了。十八岁那年我去日本，临走前她哭得很厉害。我第一次看到她那么伤心。她比丈夫、儿子、媳妇死的时候还要难受。高干干等在一旁劝说："四毛哥留学是好事、喜事，不兴哭。"老妈呜咽着直点头，用围裙一遍遍抹眼睛，泪水还是直涌。我当时正是"无情又年轻"，觉得未免小题大做，根本没有理会到，她可能已经认识到，再也见不到她的哥儿了。果然，抗战中她就在合肥乡下病故了。直到解放后，高干干提起这件事，还嗔怪她话说得不好。我走后，老妈辞工回乡的时候，老先生（高干在解放后称呼我爸爸）问她："四毛哥回国还来吗？"她说："不来了。"我爸爸又问她："那么娶亲该来吧！"她连声回绝："不来了，也不来了！"高干干说："这话回得不好。"认为是谶兆。直到今天，老妈的憨厚的样子还在我的脑子里！

张宇和

1996年6月15日

我们大家的迷你趣闻

（一）幼时我家住在上海铁马路图南里，我们最大的三姐妹，食同桌（小红方桌、小凳子），宿同室，开蒙同读，课余同嬉。

三人每次随大大看京戏回来，总喜欢在堂屋里演唱一番。允和二妹自甘当配角，演《三娘教子》的薛倚哥，做《探亲相骂》的儿子媳妇，还则罢了；学唱《小放牛》时，不想冷落她，让她做牛，由兆和三妹小牧童赶着她先过场，她也毫不在乎地当起牛来了。

某次，看了七岁红的武功戏回来，非常兴奋。第二天我说我就是七岁红（当时我正是七岁），便在堂屋方饭桌上，抬放一张骨牌凳子，上面再加一个小板凳。对二妹三妹说：我也是七岁红，会像做戏的七岁红一样，从三张桌子上跳下来。允、兆两妹不做声，用很钦佩的眼光望着我。

我兴致很高地踏上椅子，上了桌子，再爬上骨牌凳，最后站到小板凳上。两人都抬头看着我，大概心想，大姐真有本事。我则向下一看，太高，不敢跳。不声不响，走下小板凳，把小板凳拿下，放在桌子上，再上骨牌凳，打算向下跳，再一看，还是不敢跳，于是又爬下来，站在桌子上，仍旧

1928年元和读大学时摄（陈敏华曲友说："你是得天独厚。"）

不敢跳，索性低着头悄悄地从桌上爬到椅子上下来了。两位观众妹妹既未拍手，也未叫好，都感觉很扫兴。我夸了口，没勇敢当七岁红，出洋相，别是一番滋味在心头！

（二）兆和三妹，三四岁时，长得胖嘟嘟的，很乖！大大买玩具给我们，一视同仁，三人都是一样的。允和二妹与我，很快乐地玩过，就很珍贵地收藏起来。惟独三妹，喜欢破坏。大大从无锡带给我们每人一对泥娃娃，头会摇摇活动，有趣极了，我们真喜爱着用手帕包好，关在玩具箱里。三妹的泥人到手，不到几分钟，她就用她的小板凳头，嚓达、嚓达把泥人敲成碎片，不成人形了。大大说：小三毛太不爱惜玩具了。为防止她敲坏，大大去上海回来，特选三个皮人儿，是橡皮做的，一捏，还会叫。我同二妹更爱得捏来捏去，笑得合不拢口，自然玩过又宝藏起来。大大心想小三毛这次该不会破坏了吧？谁知第二天，三妹的橡皮人却被剪得一片一片，不会叫了。原来她用带她的朱干干鞋簏里的剪子，不声不响地将橡皮人剪碎了。当时我不懂她为什么这样做。年纪大时我才觉得她大概是好奇，才破坏的。如果她长大也是这样喜欢研究，定是发明家无疑。

（三）据充和四妹告诉我，她小时候在合肥家中，看见她专用的小马桶洗得干干净净地晾在那里，就把一只小脚伸进去，马桶小，伸进去容易，拔出来却很难，甩又甩不掉。于是她只好一只脚带着小马桶走来走去，大人们见了好笑，她也笑。

（四）宗和大弟三岁时，大奶奶（祖母）过七十大寿，他穿了新的绸长袍，随便怎么累，也不让夏干干抱他，怕把绸袍子抱皱了，真爱美。

（五）寅和二弟，在小学时管图书馆，不久，把全图书馆的书都看完了，老师只好去上海再买些新书来给他阅读。

他九岁时演《空城计》里的孔明，我们为他设计服装等等。大弟演司马懿，三弟、四弟演老兵。但是差一点没有演成，因为二弟年纪小，人多，不是单独进青年会会场的，是骑在男工人肩上，跟随观众熙熙攘攘到入口处，被验票员挡住不准入场，因为他们没有票。后来幸亏一位熟人职员，见是寅弟，忙说："他是小演员，赶快让他进去，不然，来不及化妆，要误场的。"这样寅弟孔明才逍遥自在地入场，按时演出成功。

（六）定和三弟幼时，身体瘦小，大家叫他"东洋矮子"，他并不以为忤。

某次，家庭演戏，他扮孙行者，被道具假山压下来，压痛了，他大哭起来。这个孙行者真没用啊！

（七）宇和四弟读小学时，会学山东人说趣话，惹得大家都笑得不停。

后来又学老师用苏州腔读英文，更发噱！我曾要他把幼时的有趣语言，录音寄给我，可是到现在还未如愿。希望他写下那些令人发笑的趣事给《水》发表，让大家分享此乐！

（八）寰和五弟是五月初五端午节出世的，都说端午生的孩子手摸到门闩，会伤父母的。巧的是他虚岁三岁，大大真的去世了，难道应了俗话吗？！

五弟小时候说话，有点大舌头。不喜欢吃鱼虾海产，难道同舌头有关吗？我不知之。

（九）宁和六弟抗战前我回苏州家中，他还很小。同桌吃饭，他坐在高凳上，手里拿一本杂志，指指书面上的女子像说："这是我大姐！"我们大笑，他把我看作封面女郎了。

张元和

寄自美国康州

从第一封信到第一封信

上海有一条最早修筑的小铁路，叫淞沪铁路，从上海向北到炮台湾。

英国怡和洋行在同治年间（1862—1874）没有得到清政府的允许，开始自行修筑这条铁路，到光绪二年（1876）完工。从上海到吴淞镇，路长只有十四公里。第二年（1877），清政府认为外国人居然在中国领土上修筑铁路，这条铁路破坏了风水，是中国人的奇耻大辱，跟怡和洋行进行了无数次的交涉，出钱把铁路买到中国手中后，在愤怒之下，下令拆毁，把机件等物储存在炮台湾。经过了漫长的二十年，到光绪二十三年（1897），重新拨官款在原地修复通行。因为机件在炮台湾，淞沪铁路由吴淞镇延长两公里，全长为十六公里。

中国公学就在吴淞镇和炮台湾之间，它们三个所在地形成一个等边三角形。中国公学的同学都以学校在中国第一条铁路所在地为荣。

我和三妹兆和都是1927年作为第一批女生进中国公学预科的。这时候三妹十七岁我十八岁，第一条铁路整整三十岁（如果不算前二十年的账）。

我和三妹不但同时进中国公学，还在她三岁我四岁同时

（1913）在上海同一天开蒙认方块字，念"人之初"。四年后（1917）搬家去苏州，同在家塾里，同在一个桌子上念《孟子》《史记》《文选》和杂七八拉的"五四"运动的作品。我们三个女学生（大姐元和、我、三妹兆和）很阔气，有三位老师：一位道貌岸然的于先生专教古文，另一位王孟鸾老师教白话文也教文言文，一位吴天然女教师，是教我们跳舞、唱歌的。在《三叶集》（叶圣陶的子女写的集子）中好像提到过她。又四年（1921）我和三妹又同时进入苏州女子职业中学。读了一年，我们又同时留级，因为除中文课程外，其他课程都不及格。我们两姐妹是有福同享、有祸同当的患难姐妹。

三妹比我用功，她定定心在中国公学读完了大学，以优异成绩毕业。我却先后读了三个大学。在中国公学两年，一年预科，一年"新鲜生"。就转学光华大学，也是第一批招收女生的大学。"一·二八"战争，苏州到上海火车不通，我坐轮船到杭州之江大学借读了一学期。最后，又回到光华大学戴方帽子的。

大学里收女生是新鲜事，男生对我们女生既爱护又促狭。他们对女生的特点很清楚，挨个儿为我们起绰号。世传三妹的绰号"黑凤"，并不是男生起的，这名字我疑心是沈从文起的。原来男生替她起的绰号叫"黑牡丹"，三妹最讨厌这个美绰号。我有两个绰号：一个叫"鹦哥"，因为我爱穿绿；另一个绰号就不妙了，叫"小活猴"。可这个绰号见过报的。你如不信，可看1928年上海《新闻报》上有这么一篇报道：《中国公学篮球队之五张》。其中有"……张允和玲珑活泼，无缝不钻，平时有'小活猴'之称……惜投篮欠准……"五个姓张的是：张兆和、张允和、张萍、张依娜、张××。队长是三妹。我对运动外行，身体瘦弱，人一推就倒。可我喜欢滥竽充数，当一个候补队员也好。

我家三妹功课好，运动也不差，在中国公学是女子全能运动第一名。可在上海女大学生运动会上，她参加五百米短跑是最后一名。

中国公学的老校长何鲁，忽然下了台，到现在我还不知道是什么缘故。接任校长是"五四"运动赫赫有名的胡适之先生，他早年曾在中国公学念过书。他聘请了几位新潮流的教员，其中有一位就是沈从文。三妹选了他的课，下了第一堂课，回到女生宿舍后，谈到这位老师上课堂讲不出话来挺有趣。听说沈从文是大兵出身，我们也拜读过他几篇小说，是胡适之校长找来的人一定不错，可我们并不觉得他是可尊敬的老师，不过是会写写白话文小说的青年人而已。

别瞧三妹年纪小，给她写情书的人可不少。她倒不撕这些"纸短情长"的信，一律保存，还编上号。这些编号的信，保存在三妹好友潘家延处，家延死后，下落何处，不得而知。

有一天，三妹忽然接到一封薄薄的信。拆开来看，才知道是沈从文老师的信。第一句话："不知道为什么我忽然爱上了你？"当然，三妹没有复信。接着第二封、第三封信，要是从邮局寄信，都得超重。据三妹说，原封不退回。第四封以后的信，没听见三妹说什么，我们也不便过问，但是知道三妹没有复信，可能保存得相当周密。

我转学到上海大西路光华大学（1929），这以后，沈从文究竟给三妹多少封信，我当姐姐的不好过问。是不是三妹专为沈从文编过特殊的号，这也是秘密。

大概信写得太多、太长、太那个。三妹认为老师不该写这样失礼的信，发疯的信，三妹受不了。忽然有一天，三妹找到我，对我说："我刚从胡适之校长家里回来。"我问她："去做什么？"她说："我跟校长说，沈老师给我写这些信可不好！"校长笑笑回答："有什么不好！我和你爸爸都是安徽同乡，是不是让我跟你爸爸谈谈你们的事？"三妹急红了脸："不要讲！"校长很郑重地对这位女学生说："我知道沈从文顽固地爱你！"三妹脱口而出："我顽固地不爱他！"以上是三妹亲口跟我讲的话，我记得一清二楚。可是我们两姐妹都有了孙女时，偶尔谈到"顽固地""爱他"和"不爱他"时，三妹矢口否认跟我说过这些话。

光阴如箭，这箭是火箭，人过了二十五岁后，觉得日子过得比过去快上一倍，你有这样感觉吗？一下子，半个世纪过去了。

在这半个世纪中,我和三妹同年(1933)结婚,我嫁周耀平(现名周有光),她嫁沈从文;我和三妹同年生儿子,我的儿子叫晓平,她的儿子叫龙朱。卢沟桥事变,我们两家分开。她老沈家住云南呈贡,我老周家在四川漂流,从成都到重庆,溯江而上到岷江,先后搬家三十次以上。

日本投降后(1946),张家十姐弟才在上海大聚会,照了合家欢。这以后又各奔前程,从此天南地北、生离死别,再也聚不到一起了。一直到1956年,有三家定居北京,那就是三妹兆和、三弟定和跟我三家。算是欢欢喜喜、常来常往过日子。十年后(1966),猛不丁地来了个"文化大革命",这下子三家人又都妻离子散。两年后,北京三家人家只剩下四口人:沈家的沈二哥、张家的张以连、我家祖孙二人,相依为命。连连十二岁独立生活,我的孙女小庆庆九岁。三妹下放湖北咸宁挑粪种田,听说还和冰心结成"一对红"。三弟下放放羊。我家五口人:儿子晓平、媳妇何诗秀下放湖北潜江插秧、种菜。我家爷爷(周有光)下放宁夏贺兰山阙的平罗,捡种子,编筛子,捡煤渣,还有开不完的检讨、认罪会。大会多在广场上开。有时遇到空中大雁编队飞行,雁儿集体大便,弄得开会的人满头满身都是黏答答的大雁大便,它方"便",人可不"方便",洗都难洗干净。我家有光幸亏戴顶大帽子,总算头上没有"鸟便"。有光跟我谈起这件事,认为是平生遭遇到的第一有趣的事。看来大雁比人纪律性还强,所谓"人不如禽兽"。

本来也要我带庆庆跟着爷爷下放平罗的。我思想搞不通，不去，就不去，动员我也不去，也无可奈何我。我是娇小姐，受不了那塞外风沙，也吃不下为三个人打井水、洗衣服、生炉子烧饭的苦。我一把锁锁上了城里沙滩后街五十五号大杂院里我住的房子的大门（原有五间半房子，上缴了四间）。住到中关村科学院宿舍里儿子家，看孙女、烧饭、靠丈夫、媳妇三人给我微薄的津贴打发日子。真正不够用时，我有好亲戚好朋友处可借。虽然他们生活也不好，可他们总会竭力为我张罗。我一辈子怕开口问人借钱，这下子完了，只好厚着脸皮乞讨，这也是人生应有经历。

过年过节，我把十二岁的小连连接到中关村住几天，庆庆就不肯叫他"叔叔"，瞧不起他。庆庆说："我为什么要叫他叔叔，他只比我大三岁，他没羞没臊，还抢我糖吃。我不但不叫他'叔叔'，也不叫他'连连'，我叫他'小连'。"我骂庆庆太没有礼貌。实在那时候，孙子斗爷爷、儿子逼死妈妈的事多着呢，还讲什么礼貌。

有一次，我进城到东堂子胡同看望沈二哥。那是1969年初冬，他一个人生活，怪可怜的。屋子里乱得吓人，简直无处下脚。书和衣服杂物堆在桌子上、椅子上、床上……到处灰蒙蒙的。我问他："沈二哥，为什么这样乱？"他说："我就要下放啦！我在理东西。"可他双手插在口袋里，并没有动手理东

沈从文与张兆和

西，他站在床边，我也找不到一张可坐的椅子，只得站在桌子边。我说："下放？！我能帮忙？"沈二哥摇摇头。我想既帮不了忙，就回身想走。沈二哥说："莫走，二姐，你看！"他从鼓鼓囊囊的口袋里掏出一封皱头皱脑的信，又像哭又像笑对我说："这是三姐（他也尊称我三妹为'三姐'）给我的第一封信。"他把信举起来，面色十分羞涩而温柔。我说："我能看看吗？"沈二哥把信放下来，又像给我又像不给我，把信放在胸前温一下，并没有给我。又把信塞在口袋里，这手抓紧了信再也不出来了。我想，我真傻，怎么看人家的情书呢，我正望着他好笑。忽然沈二哥说："三姐的第一封信——第一封。"说着就吸溜吸溜哭起来，快七十岁的老头儿像一个小孩子哭得又伤心又快乐。我站在那儿倒有点手足无措了。我悄悄地走了，让他沉浸、陶醉在那春天的"甜涩"中吧！

张允和

1988年5月9日晚

初稿成于沈从文二哥逝世前二十四小时

王觉悟闹学

1920年，是我一生中最美好的一年。在我的记忆中是一个又甜又嫩的童年。那年我十一岁。我们有姐妹兄弟九人，父母双全。第二年，我们的母亲就去世了。

很奇怪，前面四个都是女孩，后面五个都是男孩。最大的十三岁，最小的一岁。孩子们都在双亲的爱护下，教导下，健康地成长。

我们四姐妹，大姐元和、我允和、三妹兆和、小四妹充和。前三名没有进过小学，就是四妹后来也不过进了一年象征性的小学。小四妹这生下的第四个女孩，一断奶就送给合肥二房亲奶奶做孙女了。这1920年的春天，小四妹才七岁，回到了苏州她的亲姐妹的家里。我们三个大姐姐欢喜得要命。小四妹神得很，她小小年纪，临碑临帖，写两个字，还真有点帖意，我们三个大姐姐都不及她。虽然我们也在书房里念了些四书五经、诗词歌赋。我们不但念司马迁的《史记》，还念王孟鸾老师教的白话文。

我们三名女学生，就是三位男女老师教学，还有两位刻蜡版、抄讲义的先生。我们的私塾里老师多于学生。

我们的妈妈名字叫陆英，拥有自己一个小书房。我记得书房墙上，有一个小小的精致横匾，四个字我只记得两个，一个"兰"字，一个"室"字。书桌前是一排大玻璃窗子。窗子外面有一个小小院子，院子里有假山，假山上有芭蕉。院子对面就是我爸爸张吉友个人的书房。只有爸爸的书房有门通这个小院子。爸爸书房前面是一排落地长的大玻璃窗子。可是妈妈的书房没有门通这个小院子。我爸爸妈妈他们俩可以隔窗相望。我爸爸有时能到妈妈的窗前谈两句话。

就在1920年，我们家掀起一个教保姆认字的高潮。最聪明而又用功的是三妹的保姆朱干干，她每天早上为妈妈梳头篦头的时候，要念十个到二十个方块字。我的保姆窦干干是我的学生，成绩最差。人家问她认识多少字，她说："西瓜大的字，我认识一大担。"我这位小先生很丢面子。

小四妹来了，妈妈就派我当她的小先生，因为我比她大四岁。大姐教大弟宗和，三妹教二弟寅和。三位小先生很来劲。妈妈买了蓝布，教我们为每一个学生做一个书包。书包做好后，三位小先生都认为得替学生起个学名。每位小先生都对自己的学生特别巴结，尤其是我。我认为我的学生最难对付。她虽然只有七岁，可是她在合肥有两位老学究教她念古文。古文的底子不比姐姐们差。可是姐姐们知道胡适之，她就不知道。我们的新文学比她高。我左思右想替小四妹张充和改一个名字，叫"王觉悟"。不但改了名字，连姓也改了。我在四妹蓝色书包上用粉红丝线，小心绣上了"王觉悟"三个

"王觉悟"给大姐二姐请安，摄于1986年11月

字，我好得意。小四妹不及大弟二弟乖，看来她对我这样的老师不尊敬也不怎么佩服。有一天，她忽然问我："我为什么要改名叫觉悟？"我说："觉悟嘛，就是一觉醒来恍然大悟，明白了一切。"她又问："明白了什么？"我支支吾吾地说不出所以然，还是煞有介事回答："现在新世界，大家都要明白道理，要民主，要科学，才能救中国。"她摇摇头说："就算你起的名字没有道理也有道理，我问你明白道理的人，你为什么改我的姓？我姓张，为什么要姓王？大王就是强盗。成则为王，败则为寇。强盗也要觉悟，老百姓可不是要吃苦。什么王觉悟，我不稀罕这个名字。"她撇撇嘴："还是老师呢，姓名都起得不通，哈哈！"这一笑可把我气坏了。我不能打她、骂她。我说："把书包还我，我不当你的老师了！"我拿了一把小剪刀，一面哭，一面拆书包上"王觉悟"三个字。"王"字好拆，"悟"字也不难拆，就是"觉"字不好拆，是有二十笔画的繁体字。

1978年，小四妹带了洋女婿 Hans H. Frankel 从美国来到北京。我们谈到五十八年前的往事，不觉大笑。我说，王觉悟呀，王觉悟！你到现在"觉悟"了没有？

时间过得好快，一晃就是1995年10月了。我们四姐妹都是八十以上的人了。小四妹真正觉悟了，她成了我的老师。我的旧诗词做不过她。我做的歪诗都要请她大笔斧正。过去十一岁

时候"拆字先生"的伤心往事，现在成了老姐妹甜嫩和最美好
的回忆。

张允和

1979年11月初稿，1995年10月二稿

大弟新娘俏

我十岁时，我们大的三姊妹（元、允、兆）都住在苏州寿宁弄，四妹（充）在合肥。我们苏州的三姊妹最喜欢玩洋娃娃。替娃娃做帽子、小鞋和衣服，绣上花还加上花边。

头一天，在亲戚家吃了喜酒回家，三姊妹商量着如果找一对真娃娃做新郎新娘，该多么有趣。大弟宗和那时五岁，小圆脸、小高鼻，虽然有点"坎脑袋"，可是一对甜甜的小酒涡最讨人喜欢。因为我们父母有了四个女儿后，才有的第一个儿子，拘管得紧，所以他十分腼腆，羞人答答的像个女孩子。二弟寅和四岁，生得胖乎乎的，一双大而圆的乌黑眼睛，有时会有一股蛮劲，倒真有大男子气概。

第二天，我们三姊妹把两个真娃娃——大弟和二弟——搞到母亲的后屋。说服了大弟做新娘，大弟拗不过，乖乖地答应了。大姐是化妆能手，好在这屋子有的是母亲的胭脂、花粉、梳子、刨花。搽粉点胭脂后，就开始梳妆。男孩子头发短，任你刷多少刨花水，用大红丝线怎么也揪不成一根朝天的辫子。刨花水都流到大弟眼睛上了，他眼睛挤把挤把的，拿小手要揩眼睛。我说："不要动。"我用小手帕轻轻拭去他眼睛上的刨花水，急得大姐一头汗，我和三妹干着急。幸亏母亲扯

1937年元和、宗和、寰和摄于汉口

了几条大红头绳,大姐才梳成了几条朝天辫子,戴上了绢花和福字绒花。一条红兜巾是早就预备好了,他穿上了我过十岁生日的粉红上衣。可是裙子没有,哪像新娘?三妹去央求母亲给了条花绸大手帕,她出名的粗手粗脚,姊姊们老是嘲笑她绣花时,把线疙瘩打在面子上。三妹逞能把花手帕塞在大弟裤带上。这是一条稀奇古怪的裙子,只有前幅,没有后身。小新郎只在旁边捣乱,闹着也要穿花衣服。我们哄他,男人是不穿红着绿的,他也就算了。

二弟有个干干郭大姐最会凑趣。她嘴打锣舌打鼓把这对小夫妇送到了后堂。大红地毯已铺在地上。家里人闹闹嚷嚷都来了。拜了天地后,郭大姐嘴里会唱着"小小秤杆红溜溜,我替新人挑盖头"。大家嚷着看新娘子,新娘子笑了。

大姐说:"该向爹妈行礼啦!"新娘子已经伶俐地跪下了,小胖新郎却被人闹呆了,三妹莽撞地推新郎一下,新郎才又跪下。新娘站起来,低头一看,美美的裙子没有了,还算什么新娘,当堂出丑。新娘急得要哭,眼泪直在眼眶里打转,大姐急忙搂着大弟:"好弟,不哭!一哭脸上的花粉就糟了。"我又用小手帕替大弟揩眼泪。我们三姊妹都说二弟太粗鲁,真是个傻女婿。我和大姐也埋怨三妹,没有替新娘系好裙子。三妹鼓着嘴生气,小新郎看闯了祸,一溜烟跑到花园去玩了。

张允和

我到苏州来——往事回忆录之一

我家从上海搬迁苏州，那时我七岁。住上海的房子也还宽大。但是，同三位寡妇祖母在一起，规矩太多，平时大门紧闭，不许出门，实在没有意思。后来三房分了家，我的祖母（大祖母）又去世了，我们才迁居苏州。

一到苏州，住胥门内吉庆街寿宁弄8号，房子有三进，有花园，有后园，天地宽阔多了。

叫我特别高兴的是，花园中有太湖石假山，有荷花池，有水阁凉亭，有大花厅。花厅前有枫树、白玉兰各一株。花厅周围，有杏树、核桃树和柿枣，还有绣球花。最令我惊奇的是，假山旁边竹栅栏内，还有一只仙鹤。我们一到，就全家人围观，吓得那只仙鹤直往墙上撞碰，直到撞破脑袋出了血，房主人只好把它带走，使我们大为扫兴。

尽管这样，我们的天地毕竟宽阔多了。不仅家里有可看可玩的，爸爸还常常领我们出去散步，讲些苏州的名胜古迹，讲些历史上有趣的故事，"卧薪尝胆""东施效颦"。离家不远的盘门，有瑞光塔，有无梁殿，满地荒草，很少游人，被称为"冷水盘门"。但在落日黄昏时节，爸爸常带我们姊妹去，去时免不了讲更多有趣的故事。回来时，爸爸总还不忘记给我们买些苏州好吃的东西。因此我的老师王孟鸾先生为我写了一首诗，这诗正道出我当时的心境。诗曰：

我到苏州来，快乐非昔比。

天天勤读书，琅琅随两姊。

大字写两张，小字抄一纸。

每到傍晚时，随父游近市。

买得果饵多，累累携手里。

果饵香且甜，食罢皆欢喜。

我家请了两位先生，一位老的专教古文，王先生既教古文，也教新书。我们的讲义，是由一位甘先生抄写。他写得一手好看的正楷，字很大，纸也白。到一定时候，甘先生就把它装订成册。所以我不怕念书。虽然如此，在书房中，挨打手心的常常是我。因为我已是第三个女孩，又顽皮，不时要闯点小祸，大大（指母亲）拿我无办法，常常罚我坐在她房里，不许出去。

孟鸾先生同我爸爸一样，后来受了五四思潮影响，竭力主张送我们上学校。那时我才十一岁，就插班进了苏州女子职业中学。爸爸主张男女平等，认为女子不应当依靠丈夫，要能独立生活。而当时的苏州女子职业中学，主要以刺绣闻名于社会，学校除一般基础课外，再加上几门家事，做做石膏像。有家事课时，全班下厨房做饭，大家吃一顿。

学校校址是原来的一个衙门。校内也有假山，也有鱼池，还有操场，还有练功的平台和天桥。天桥年代久了，摇摇晃晃的，谁也不敢上去，只有我敢。我还在平台上唱当时的流行歌曲："卖布！卖布！我有中国布。卖布！卖布！没有外国货……"我还硬着头皮来来回回去走那个摇摇晃晃的天桥，同学们越拍手叫好，我越唱得带劲。谁知道，乐极生悲，一学期下来，除大姐外，我同二姐都蹲了班！我俩只得哭着到另外一个教室去上课。因为我们还同在家一样，放了学，把书包往台板里一塞就往家里跑，也不管老师有没有留下作业要做。怪谁呢？活该！

张兆和

写于1996年12月16日

时年86岁

儿时杂忆

我是家中第三个女孩。我落地时，大大哭了。因为奶奶只想添个孙子，不生男孩，奶奶不高兴。我的下面确有个弟弟，不幸在出生后夭折，全家不愉快。

既然我命中注定是不受欢迎的女孩，在姐妹中无足轻重，倒也有好处，就是比较自由。没有人疼你，没有人关心你，你自由自在。

我常同厨子、听差玩耍。他们问："想你奶妈吗？""想。""想，我教你个办法，你就唱'早早去，早早来，省得奴家挂煞挂心怀'。"于是我就坐在小板凳上大声唱，一遍又一遍。我一点不明白"奴家"两字是什么意思。大师傅、听差都欢喜逗我。干干中有歧视我的，就教我唱：

> 大姐梳个盘龙髻，
> 二姐梳个凤凰头，
> 只有我三妹不会梳，
> 梳个燕子窝。
> 燕子来生蛋，
> 吓得三姐一头汗！

我的脸黑黑的，全身胖乎乎，不愁会生病。没有人同我玩，我就一个人闷皮。我常常在楼梯的栏杆间侧身钻来钻去，有一次，被郭大姐看到，声张起来，另一个干干不相信，于是郭大姐就同她打赌，赌一吊钱毛豆，要我表演。我在楼梯栏杆间侧身来去，表演了好几次，大家称赞不已。毛豆煮熟了，我理所当然是上宾。

当时笑话三姐的儿歌真不少，另一个也像是讽刺我的：

小板凳，两头翘，
奶奶叫我捉虼蚤。
虼蚤一蹦我一蹦，
奶奶讲我不中用。
骑上马，带上刀，
锣鼓喧天捉虼蚤。

我五岁那年，家中请来一位女老师，姓万，无锡人，才十六岁，给我们姐妹开蒙认字。老师以为我是小男孩，教方块字时总是搂着我。后来人家告诉她我是女孩，她就不再搂我了。

八岁以前，我们全家住上海，三房寡妇老祖母，大门紧闭，有一个李老头子看门。有时听到吹糖人的锣声在门外敲得好热闹，想到那些孙悟空、猪八戒和蚌壳精，我们心痒难熬，但是不许出门。李老头过去好像练过功。他每天早起，要在院子里举石锁若干次，那石锁，我是推也推不动的。

大门难得打开了，那是送什么货物来的，我们就要求大大买糖人，大大很难得给我们买个糖人玩玩，因为糖人上了色，怕吃了不好。有一次我们正在看吹糖人，胡同尽头一堵墙后的二层楼上，有几个女孩指着我们骂。上海人骂人我们是听得懂的，很难听。我们不会对骂，无可奈何，只得也指着骂："小鹅（丫）头！小鹅（丫）头！"就算出气了。

有姑嫂二人每天来胡同卖白糖糕。嫂嫂悄悄告诉我们，小姑如何在婆婆面前戳她的蹩脚，她回去就挨打受骂。我们大为不平，决定以后有机会出门，只买嫂子的糕，不买小姑子的。买多了吃不完，就放在门堂里大弟的小推车中。有一天，李老头手捧一堆发了霉的白糖糕，到大大面前告状。大大一看就明白是谁干的。但是，大姐说不得，二姐一说她就哭，窦干干就生气，只能把我罚坐在她的房里。这样也好，我坐了一会，临走时就有一串冰糖葫芦吃。

搬到苏州，我们住的最后一进很特别，两层楼，楼梯正对着楼下爸爸、大大卧房。楼梯上面有几块木屏风。夏天朱干干怕热，总是把木屏风卸下来。我是睡里床的，如不小心，就会摔到楼梯上，可是我从来没摔过。睡之前我总要玩闹一阵，我把头伸在蚊帐外面，嘴里念叨："小猴子，关着门，露着头。"朱干干一芭蕉扇扑过来，我连忙缩进蚊帐。

楼上，我的左隔壁是郭大姐带二弟的住房，再往里是二姐的卧室，绕过一排衣箱，再往北是大姐的闺房，有窗子，可以看到花园景色。

郭大姐是个大黑胖子，平时最会出洋相：手拿两块手帕，两只小脚扭来扭去，十分热闹。可是她也最爱在大大面前说我们的坏话，我们欢喜她，又恨她。有一次大姐气极，给她贴了一张小墙报，上面写：

> 人生在世想成神，吃斋念佛苦修行。
> 虽然但还不能算，口是心非亦难成。
> 非独没有为佛望，死了还要受大刑。
> 因此劝劝诸君们，做事要依良心行。

可是她一眼也不看这首大作。

花厅怎么利用呢？起先爸爸找人做了些小桌小椅，办了个幼儿园，招收邻居小孩来上学，后来成了我们的书房。我们一面大声朗诵，一面竖起耳朵听，细听外边杏子落地的声音，记住落在什么地方，休息时抢着去捡。园里杏有两种，一年结果一次的产量较多较小，两年一结的叫"荷包杏"，又大又甜，比较少。花厅后面，还有枣和柿子，枣子很甜，可我们不屑一顾。柿子又大又硬，朱干干请黄四把它们摘下来，用芝麻秸插在上面，过些时，就有大甜柿子吃了。园里果品吃不尽，也没有人要，我可享受了。

有一年老伯母（姑母，祖父的女儿）归宁，我们一同在水阁凉亭看金鱼。老伯伯开我玩笑，说："三毛，听说你会做诗，给我做一首。""你出个题目。""就做《即景》吧。""好。"我抬头看看，那天天高踞在柳树上的老鹰正俯瞰着我们，我出口成章：

春日园中好风景，池旁柳上有老鹰。

这诗比大姐的差远了，大姐还不许人念她的诗。

后来我们在王孟鸾先生的鼓动下，进了苏州女子职业中学。进学校之前，得请先生补课，补的是唱歌、体操、英文，就是没有补算术。再加上我们玩疯了，也不管有没有课外作业要做，以致我和二姐上了一学期就蹲班留级，只好哭着到另一班去。

张兆和

秋灯忆语

　　梧州已属广西，是浔、桂两江的会合处。梧州之下才叫西江。当我们到梧州时，梧州已经很紧张了，有几条马路上的石子都拆了，说是拿去封江去了。而每天都有警报，警报一来大家都向山上跑，山里有许多防空洞，虽然山就在马路边上，但孙小姐还是跑不动，所以我们常看守旅馆不出去。梧州有孙二哥的几个朋友在广州制药厂做事，孙二哥预先写了介绍信给我们，到梧州后便到江中的三角嘴上去找他们，想向他们借一点钱，但并没有借到。在梧州客栈里住了一星期的样子，才由巴金先生买到了去柳州的船票，而且是房舱票，大家都很高兴。

　　浔江、黔江上的风景又和西江不同，完全是广西风味，和画片上的桂林、阳朔风景一样，小小的山，奇奇怪怪的样子，一列一列地排列在江边，躺在铺上就可以看到一幅一幅的山水名画。阳历10月10日时又正是柚子上市的时候，我们几乎拿柚子当饭吃。浔江、黔江上的风景似乎要比西江上的好，也许是习惯了，我的心情也不像在西江上那样恶劣了。同行的人也都混熟了，孙小姐大约已不再会有离开我逃回去的心思了。同行的人虽不说，我知道他们也一定知道我们的关系不寻常。巴金先生和他的女友很亲热，陈小姐很会撒娇，我们常常背后笑他们。

船不能直达柳州，只到石龙。石龙是一个小镇，找不到旅馆，我们借住在一家老百姓人家的楼上，没有铺就睡在楼板上。这一夜几乎肇了大祸。原来李采臣先生在他的枕头前点了一盘蚊烟香，睡着了把枕头睡到蚊香上烧了起来，满房都是烟，大家都睡晕了，拿鞋底也压不灭，巴金先生还叫大家吐口水。闹了半天不行，最后还是巴金先生把枕头丢到街心去才免这场火灾。但人家的地板上已烧焦了一大块。

第二天下午，李采臣先生费了很大的力气几乎和人打架才包了一辆汽车，当晚就到了柳州，也是和到梧州时一样，大大小小的旅馆全客满。找到一家家具铺，糊糊涂涂地睡了一夜。第二天一看夜晚除了我们一组五个人以外，另外还有两位男宾也睡在我们一张大铺上。帐子真是大，但也脏得可以，我们马上再出去找旅馆。一家陆海通旅社很大，可惜只有一间房，两张铺。我们已经很满意了，预备让陈小姐、孙小姐一床，李氏兄弟一床，我睡地板。但天下事往往不能尽如人意。一会儿查夜的宪兵来了，一问男的和女的什么关系，说是朋友，不行，男女混杂，你们今晚决不能在一间房睡，12点钟还要来查，查出了一定要把你们抓去。我们早知道广西查得很厉害，无奈，旅馆里又没有第二间房，没法，我们三个男的全挪了出来，睡在茶房床上，每人多出一块钱，倒便宜了她们两位女士，每人睡一张大床，但当夜12点宪兵并没有再来查。

在柳州孙二哥也有个朋友在省立医院，我们去看过他，他送了孙小姐一瓶咳嗽药，又送了我一瓶搽癣的药。

原来我们想到桂林，但桂林一个熟人也没有。李采臣先生要回重庆，因为他是四川人，我的二姐和三弟又都在重庆做事，所以我们决定先到重庆。孙小姐也愿意，因为她父亲在成都，到重庆就可以很快到成都了。采臣先生又愿意借给我们路费，于是我们便乘了西南公路局的汽车又上路了。

汽车当然没有轮船舒服，而孙小姐又从来没有坐过长途汽车，况且她的病也不宜于坐汽车，但没有办法也还只得坐。第一天宿河池，第二天宿独山，全有中国旅行社招待所，还算好。但南方人没有见过高山，见到汽车整天在山上云里雾里爬行，也着实有些心惊。第三天上午就到了贵阳，但她已经受不住了，一下汽车大旅馆也找不到，在中山门内找到一家小旅馆，一停下来她就吐血了。

贵阳的天气真是坏，说天无三日晴，一点也不错。才阳历11月初，天已经非常冷了。我们从广州出来还是夏天，一到贵阳就变成冬天了。我们住的一间小房又脏又漏风，睡在床上整夜不得暖。她又病倒在床上，她告诉我一种止血的药，我跑遍贵阳的各大西药房都买不到。这时候真有些穷途末路之感。自己直想哭，却又偏偏在这种时候遇到汉口时常一同玩的女友，真叫我尴尬。

在旅馆住了两天，买不到药，她又不肯找医生看，于是勉强买了一种云南白药来吃。所幸血总算不吐了。但小旅馆太坏，李采臣先生说蹇先艾先生在贵阳住家，我们去看他一趟，也许有办法。于是我们一同找到院前街68号。蹇先生曾当过北平北海松坡图书馆的馆长，在沈从文兄家见过几次，在青岛路家也见过一次，但不很熟，可是一进他家门，他倒先认得我，自然我们马上谈到住的问题，蹇先生很直爽，马上就邀我们到他家去住。因为他家还有一间空房，可以安插孙小姐，而请我们两位男客住在客厅里。

李采臣先生因为急着要到重庆，所以先走了，借了一笔钱给我们。我们就在蹇家住了下来，让她好好地休息几天。蹇家一家人都待我们非常好，蹇太太人很真诚，和孙小姐也谈得来，只一两天工夫已经很熟了，于是赶着给孙小姐做棉衣。冷房里已经生火盆了，蹇家小妹尤其可爱，才七八岁，真文雅，常常陪着孙小姐谈心。有一次我出去了，孙小姐独自在房里伤心，蹇太太和小妹都来劝她。在贵阳住了十天，我们已相处得很好，临走的时候大家都有些黯然。

明知她不能坐汽车，但不坐汽车又怎能到重庆呢？于是硬着头皮又坐上了西南公路局的汽车。11月17日动身，19日已到南岸海棠溪。李采臣先生来接我们。广州到重庆这一段旅途整整走了一个月。

二姐夫周耀平兄在农本局做事，下车过江就由李先生送我们到七星岗农本局办事处找到了耀平兄，他马上派人送我们到他家——嘉庐——去见二姐。二姐一见孙小姐就很喜欢她。他们只住一间房，又小，于是她替我们在门口找到一家旅馆——蜀天府，我记得好像只八毛钱一天。于是我们又在旅馆住了十天。一到重庆她又吐血，但因怕我急，总不告诉我，直到在旅馆里住定了，已经不吐了，她才说。

房间在旅馆三层楼上，上下不便，尤其对她不方便，而每天在外面吃馆子也吃腻了。在路上巴金先生老要吃鸡三味，已经吃怕了馆子里的菜，而且老住在旅馆里，也不对劲，商量结果，把孙小姐送到仁爱堂医院去住，一方面可以医病，一方面住的问题也解决了。那时二等病房连吃药才一块半钱一天，算是便宜的了。我呢？就住在曾家岩农本局宿舍里，和三弟同住。于是两个人住的问题都解决了。我每天从曾家岩乘公共汽车到七星岗领事巷底仁爱堂医院去看我的未婚妻。医生给她一个很好的诊断，说她不是肺结核，而是支气管炎，这使她很兴奋。她在日记里写道："内科罗医生与二姐原是熟人，所以特别仔细。当他听我肺部，听了又听之后，他放下了听筒，用极严肃的态度和声调说：'我要告诉你。'听了这样一个话头，我不由一惊，他们也捏着一把汗。谁知他接着说道：'我看你的病不是T·B，所以你应该快活一点儿。你这病初起时不该施行人工气胸，又不该割横膈膜神经，现在我们要把它治好。'"医生走后，大家都笑嘻嘻地谈论着，但是后来我们又在别的医院里验过痰，说是确有T·B菌，这我没有告诉她。

到重庆之后，她惟一的愿望就是可以到成都去见她的父亲。但是更不幸的是她的父亲已经在成都病故了，大约还是翻车跌伤的缘故吧。这个消息怎能告诉她呢？于是我给在成都的路家写信，要他们来信骗她，说她父亲已经到青城山道士庙养病去了。于是她在日记上写道："真是，爸爸你一个人住在道士庙里，即使不病，这情景也就够凄凉了，何况又有病呢？要来看看你，又怎能够呢？我也是病着，晚上在一盏昏暗的灯光下想着你，流着泪，房里虽睡着几个人，然而与我有什么关系呢？我的爸爸不是寻常的父亲啊！只是苦啊！我们的命运竟走到这一步，想不到，万想不到，还希望这不是命运的尽头，还有完聚的日子，平静的日子在后头，假如不幸而如此……我将含恨千古，因为这不是我们应得的啊。"孙老伯是一个父亲而兼慈母的人。她爱父亲甚于母亲，所以她说"我的爸爸不是寻常的父亲啊"。

在重庆住了一个多月，老碰到下雨，但我每天总去看她一次。每次去总带一些东西去，不是水果就是菜，有时我们也过得很好，但似乎总是苦的时候多。她在医院里写了二十天日记，日记中可以看到我们那时的生活。现在摘抄几段：

11月4日　　宗哥来得很早，带来罐头、草纸、脚布、面盆等东西。我们见没有人来（虽然明知里面房间的南京老太婆坐在床上并未睡着，但总欺她年高目力一定不行）就 kiss一下，谁知过了一会南京老太婆竟将宗和叫了进去训了一顿，说你家夫人有病你不能和她接近，真是十分多谢她的好意。

11月6日　　整日在高温中。

11月7日　　宗哥下午买来扬州酱菜。打开来完全不对，一股蒜味，蒜味也不妨，有怪味，简直不能吃。还是八毛钱买来的，越想越叫人不高兴。他又尽顾看书，我真有点气了。但结果脾气没有发成功，他的脾气真好，他走后我有点懊悔。

11月8日　　早上，医生来后还不见他来，心里有点着慌，他或者生气不来了。正在这时，许太太脚痛得很厉害，她哭了，哭得很凄惨，于是我也哭了，本来是心里就有些酸，他还是来了，也没生气。

张宗和

三首打油诗及其由来

允和二姐打电话给我，说是听兆和三姐说我会写诗，叫我给《水》投稿。其实我哪会写诗，不过最近跟两位骚人雅士的老友小聚，一时头脑发热，于是附庸风雅，搞出三首顶多算是打油诗的东西，无意中在和三姐闲聊时又说漏了嘴。由于羞于献丑，扭扭捏捏，不好意思拿出来。但老姐姐的命令是无论如何不能违抗的，只好献丑了。

打油之前，先要交代一下缘起。两位老友，一位是李宗宝君，是六十多年前我在北京红庙小学的同学。他在辅仁大学学的是物理，后来教的却是数学。解放时参加了南下工作团，最后从山东电影学院离休，回归北京定居，优游于古都的山水之间，成为一位行吟诗人。我的第一首打油诗就是赠给他的。

赠宗宝

君是天空一片云，悄然落地了无痕。

十年浩劫成一跃，赢得跛仙不坏身。

前两句讲他的身世，首句用志摩诗。据宗宝自述，他不知道自己的亲生父母是谁，也不知道自己来自何方。这听起来不无辛酸，但却也有些潇洒，幸运的是他被成都李传胪家抱养，更幸运的是舅家姓程，他的太太正是程家的表妹。人家立雪程门是苦苦求学，他立雪程门是苦苦求爱。皇天不负苦心人，终于在他三十五岁，表妹二十四岁从清华毕业时喜结连理。

后两句讲的是他的遭遇。宗宝属牛，有犟牛的脾气，所以成为一位光荣的 rightist。在史无前例的"大革文化命"时代，他当然又被牵出来批斗。于是犟牛的脾气又犯了，在一个人人都在午休的寂静中午，他像一头奔牛，从楼上一跃而下。我曾听到定和三哥说过，他们歌剧舞剧院有一位造反派，是位很不错的跳水运动员。也是在类似的背景下，这位运动员以优美的燕式平衡姿势，从五楼下跳，做了他心爱的运动的最后一次表演。头自然是冲下的，结果自然也就不用说了。宗宝不会游泳，更不会跳水，竟也表演了高难度的跳水动作。据当时惟一的目击者、他的同事、著名的黎莉莉女士证实，宗宝是以转体三百六十度的跳姿双脚落地的。而据宗宝回忆，当时他只想跳一百八十度，没想到竟翻了一番。他生平的第一次落地时是"悄然落地了无痕"，而这第二次落地却是铿锵有声，其代价是两条腿都严重创伤。这时候，更加可歌可泣的事发生了。比他年轻十一岁的表妹，既不划清界限，也不提出离婚，而是背起宗宝就往医院跑。在当时的历史背景下，医院对宗宝这样的病人是不会热情的，因为据说救死扶伤也应当有阶级性。可是，一个年轻的女机械工程师，甘冒当时天下之大不韪，担当起骨科大夫兼护士的职责，最后竟奇迹般地挽救了已经白骨外露、脓血淋漓的双腿。可爱、可敬的中国女性啊！我不由也想起我的表妹和妻子周孝乐，也是在那个时代，我的专案人员去动员她揭发我的罪行，她竟敢理直气壮地说："张中和的历史问题就是那么点事，该杀该关，你们看着办！"程家的表妹、周家的表妹，他们爱自己的丈夫，这不足为奇。奇的是他们敢于在那个黑暗的时代，干出那样可歌可泣的事，说出那样掷地有声的话。真是可爱、可敬的中国女性！

现在，"四人帮"之流已经被历史唾弃了，而宗宝这一对却生活得十分潇洒。宗宝夫人是很不错的歌手，我听过她的磁带《我爱你中国》，简直就是专业水平。她是两三个歌咏团的团员、领唱，一度还是社区交际舞的教练。宗宝则除了致力家务，报答夫人救命之恩外，就是读书、吟诗，有时还骑自行车到处游逛，于是诗就出来了。

在顽童时代，人有一种劣根性爱调笑别人的生理特征。其实你不注意看，是很难发觉宗宝的腿有什么毛病的，但我还是给他起了个"铁拐李"的绰号。不过究竟到了古稀之年，这种幼稚顽劣也升华了，呼宗宝为"跛仙"，他也欣然受之。这已经成为一种自豪，一种歌颂。这种感情，就变成了我的第一首打油诗。

我的第二首打油诗，是赠给另一位老友邓云乡君的。

赠云乡

君实灵丘一狐精，七十三载炼金身。

黄陂旧第开心宴，洋洋洒洒数家珍。

云乡是我六十年前的中学同学。他是山西灵丘人，外号叫老西，你这么叫他，他也从不以为忤。他老夫子一生总是优哉游哉，与世无争。对于古都，他是情有独钟。当我在球场上跌爬滚打的时候，他却优游于燕京的大街小巷，沉浸于历史的尘埃中。他的中文水平，在全班是最高的，博闻强记，记忆力之好真是惊人。所以我跟他开玩笑："丘既有灵，必有异物，不是狐精，哪来如此灵气？"他和我同岁，都是七十三了。我是浑浑噩噩，无所成就；他却不管风吹浪打，独自默默修炼，终成正果，现在已是小有名气的作家、民俗学家和红学家了。

几十年来，我们的友谊是君子之交。他定居上海，每次来京，或我去沪时，总要互通电话，可能时也要见个面。改革开放后，他开始出书了，这一出就一发不可收拾，一本又一本。开始还给我寄，后来就寄不过来了。去年，我到前门外沪版图书门市部找书，意外地发现他的大作《水流云在琐语》。打开一看，开宗明义第一章就是"悼亡诗"。看着看着，不觉潸然泪下。在我的心中，不是也有一首悼亡诗吗，不过它是无字的。不禁想起那年在沪开会，住同济大学，离云乡住所延吉新村不远。通了电话，他就赶来了。叙谈不久，他就要回去，说太太有病。留他吃饭，也不肯。倒是顺路陪我去控江路，在一家新开的鹤鸣鞋店分店为我参谋，买了一双皮鞋。我曾对他说"今后看到足下，就想起足下"。不想回去以后，发现鞋有点夹脚，我还预备谴责他给我穿小鞋呢。我却一点没想到人家老伴有病，多么想老头子在床头多陪她待一会儿，却被我拉到控江路上云游。我自己欠下的感情债已经够多了，却还要为云乡添上一笔。可能是因为同情老友的不幸，而同病相怜，也为了借此寄托自己的哀思，我买下了这本书。今年四月，云乡来京参加一个红学会，会后住进翠园。这是民盟的招待所，云乡虽非盟员，却是这里常客。此地曾是黎元洪故居，胡博士也在这里住过。典型的四合院，庭院幽静，花木扶疏。这回我们在此两次小聚。一次是作者为读者购书签字，云乡在我买的《水流云在琐语》一书扉页上签下大名。一次是我偕宗宝往访，介绍一个读者和作者结识。他俩在30年代都曾在陈绵博士的陈家大院住过，有少年时代的共同记忆，相谈甚欢。翠园有小餐厅，家常便饭，两次都是云乡做东。第二次还有云乡的两位作家友人邂逅相聚，其中还有一位是青年女记者，红颜白发，更添光彩。老夫子据案而"侃"，如数家珍，有他自己的"家珍"，也有北京的"家珍"，活像当年生公说法。而我们几个听众，听得如痴如醉，真成了顽石点头。于是，有了我的第二首打油诗。"黄陂旧第开心宴"原为"开新筵"，后来想到当年朱门酒肉臭，这里不知开过多少各种各样的筵席，虽不一定有鸿门宴，但肯定多的是虚情假意，勾心斗角，哪有我们的开心？

第三首打油诗《自嘲》。三位老友，一个是跛仙，一个是狐仙，我自己算哪路神仙呢？虽说已经七十三岁，总还未到盖棺论定的时候，但也不妨勾画个素描。

自嘲

巢湖侧畔一顽灵，污泥浊水逐波行。

老蚌空有怀珠意，河清海晏盼来生。

我出生在巢湖西侧的肥西，顽灵者，顽皮的生灵也。是生灵，不是精灵，只有黄永玉那样的人才够得上精灵。小时候顽皮得可以，但自认顽而不劣。上大学时鬼使神差地进了土木系，一般土木系的学生都是土头木脑的。而我后来选择的小专业则更等而下之，是卫生工程里的排水工程，是修下水道和污水处理厂的专业户，可以说一辈子跟污泥浊水打交道。北京的明代旧沟我钻过。于是之在拍《龙须沟》电影的时候，我正在龙须沟下水工程的工地上施工。是我们的老局长曹言行一席话，把我固定在这个听起来挺崇高、闻起来不怎么样的工作岗位上。他说："世上有两种人良心最好，一个是马夫，一个是修下水道的。马不会说话，是否喂饱了全凭马夫的良心。下水道在地下，人们看不见，修得好不好，也全凭人的良心。"于是，几十年来，全凭良心，我就这么跌跌爬爬地跟下来了。

我认为，我们这个年龄段的人，特别是我自己，还是很幸运的。我很同意吴祖光兄的名言：我们是生逢其时。（称祖光兄而不称先生不是高攀，是有某些依据的，在此不赘）可以说，人类历史画卷中最诡谲壮丽的段落我们都亲历了。漂流黄河、长江的过程，也许可以比拟一二。中华民族的大起大落，大喜大悲，历历在目。在社会急剧变化时，人类本性的善和恶都展现得淋漓尽致，有可昭日月的天理良心，也有卑鄙险恶的阴谋诡计。我为莎士比亚惋惜，他未能生活在这段中国历史之中。我也为万家宝兄（又是兄，理由不赘）生逢其时，却江郎才尽，感到大惑不解，怅然若失。但这都是历史了。现在，比任何时候都好，三峡即将出平湖，人们有第二次"解放"的感觉。尽管还有小一亿的同胞在温饱线以下挣扎，但世界在进步，中国在进步，这个饥寒交迫的队伍比第一次解放时小得多了。拿我来说，尽管还买不起汽车（即使买得起，我也不想背这个包袱），但我并不艳羡那些先富起来的人们，我的口袋里的零花钱确实比我家还是破落地主时多得多了。忆苦思甜，我很知足。但满足之中，又不免有些遗憾。我这只在污泥浊水中成长的老蚌，毕竟没有像期望中那样结成珠胎。改革开放后，全市污水处理厂像雨后春笋般地建立起来了。北京的高碑店污水厂建成了一期，又在建二期，通惠河的河水变得清一些了。半个世纪前我刚参加工作时，北京曾做过修清河污水厂的梦，蹉跎几十年，这回真要上马了。眼看我们的后生一个个地在实现我们的老梦，欣慰之余，心理不免有点苦涩的感觉："花生米有了，牙没了！"

有人相信轮回，我不信，但宁愿其有。如果真有来生，就应当在21世纪了。来生我不想当大款，也不想当大官，还是想干我污泥浊水的老本行。干我这行的最高理想，不过就是把污水变清，把污泥变成肥料。河清海晏，是水环境治理的最高境界。真正的政治家，毕生追求的不也是河清海晏吗？有人说，你打油诗第四句，意味着河清海晏下辈子见了，此生休矣，岂不是太悲观了吗？我说，我属于以张允和、周有光为首的乐观群体，但几十年的经验教训告诉我，必须说实话。20世纪只有三年了，我的此生也指日可数。我想，盼望在21世纪实现河清海晏这样更加伟大的希望工程，已经是充满革命乐观主义的畅想了，能实现河清海晏的初级阶段，我已经可以瞑目矣。

张中和

1997年11月20日

张宗和日记摘录

1930-09-15

是15号了，这月《水》的稿子还没有着落。

1930-09-18

把没有做好的一篇小说做完，名《九年之后》。

1930-10-09

《水》9月份来了，他们叫我不要给四姐和二弟看，但是我今天带了回来，四姐已经看了。

1930-10-26

把做好一篇的东西誊到稿纸上，寄到劳中给祖麟。题目《夏天的晚上》。福麟叫我多寄些稿子，以备有哪一个月缺稿可以补上，这样合订本不致于太薄。

1930-11-12

七爷、十三爷来了，我们一块打篮球。爸爸来了说："我也参加！"于是爸爸就去召集先生来同我们比赛。结果，14比0，他们一分也没有，爸爸一个球也没有接到。

1930-11-13
接到《水》第十五期10月号和祖麟的一封信。

1930-11-17
我最近做好一篇《星期六的下午》，预备这一期（11月号）《水》的稿子。抄了十二张才抄完，抄得我手都酸了。

1930-11-19
回到家里，把二弟的稿子，四姐和我的一同寄去。

1930-12-10
回家看见爸爸把我们的房间，用乐益里的布景遮了起来。听小五狗说，爸爸在夜里跑到楼上，把二翠、高干、四姐吓坏了。二翠当是鬼，跑到四姐房里，把门锁了起来。四姐当是强盗来了。

1930-12-14
昨天早上爸爸又到我的学校里来，说了许多话。说要造滑冰池，又要改造脚踏车，使两轮车变为三轮车。今天早上我还没有起来，爸爸便到我们这间小屋子来，跟我说做滑冰鞋的事。

1930-12-17

爸爸在东边房子里造了一座小戏台。是用凳子和板造成的，上面铺了地毯。为大家唱昆曲用的。

1930-12-21

我们办壁报，三弟、四弟、五弟他们都很努力做稿子。

1930-12-22

晚上做好《池畔》。抄好壁报创刊号才睡。

1930-12-24

晚上爸爸跑来看我。给我看《两当轩》的诗。又讲了十二个古典经给我听。

1930-12-25

很早起来，把第二期壁报中的稿子抄好一部分，直到中午壁报第二期才出版。

1930-12-29

我们发起在1月3日，开一个新年同乐会，爸爸、妈妈都赞成。

1931-01-03

还没有到下午6点，已经有人来了。开会先由妈妈报告。开幕是国乐，三弟非要在幕内奏，我吹箫、四姐吹笛。乐益请来四个小学生，跳了龙虎斗。还有昆曲和京戏。二弟唱《五花洞》，唱得很好。祖麟吹英文歌，吹得很好。来宾表演有七姐的《可怜的秋香》。七爷的 love 歌。最后，是我们的《咖啡店之一夜》。阵容如下：

林泽奇——张宗和，白秋英——张允和，万乾卿——张缜和

女友——张充和，郑君——窦祖麟，饮客甲——张寅和，饮客乙——张宇和，仆人——张定和，房主人——韦均一

我们演得还不错。只是三弟做佣人的时候，他是用漂亮的苏州话说的，态度太滑稽可笑，台下的人都笑了。七姐在台上也忍不住地笑了起来。于是台下的人拍手大笑了。

演完了戏才9点多钟，二姐把周耀平介绍给妈妈。他们互相鞠躬。我听七姐说，妈妈老早就大声问，周耀平在哪儿。后来妈妈又告诉爸爸说："那就是周耀平。"

1931-01-14

饭前抄《池畔》，今天带回去作为一月份《水》的稿子。因为一月份是特大号，才寄去两篇，共二十张。

1931-02-04

晚上爸爸来叫我和二弟替《乐益女学一览》上写一些东西做卷头或卷尾。

1931-02-12

第十八期的《水》是特大号，合计二十张。

1931-02-16

把《回煞》抄好，还把《假其胖的日记》抄好，预备礼拜三带回去寄给祖麟，作为2月号的月稿。

1931-02-28

有10点钟了，我到家，在通乐益的门口坐了一个人，好像是妈妈。我问她为什么坐在这里。她说："等你爸爸。"我上楼看见爸爸在四姐房里，正讲他俩吵起来的事。爸爸央着我们下去，请妈妈回来。妈妈不回来，一定坐在门口。爸爸去了，说了几句好笑的话，把大家都引笑了，四姐更笑得厉害。我们把妈妈拥进爸爸的屋子坐着。爸爸讲了上海十三爹十三奶吵架的好笑的故事。我们吃了点东西后，看见爸爸和妈妈又说又笑。我们知道没有事，就回到楼上来了。

1931-03-01

爸爸告诉我一首诗，我只记得其中一联"野店酒香春烂漫，琼楼云净月婵娟"。

1931-03-17

预备寄充和本月《水》的稿子。是写民国十四年江浙战争的事，一家人跑到上海去的情形。名曰《逃难日记》。

1931-04-19

抄了一篇《星期六的下午》，给《朝旭》第二期，又抄《旅杭日记》作为《水》的稿子。

1931-05-19

今天做了不少事，把没有做好的一篇东西做好，定名《河边》。

1931-05-29

一早5点多钟，我已经起来了，坐在桌前做算术，听见有人咳嗽的声音，很像爸爸。果然是爸爸推门进来。他是来向二弟拿《戏剧月刊》的。问了二弟好多话。又同我讲，他预备把乐益变成一所博物馆，把门房的顶上装上玻璃，里面布置星球和宇宙。

爸爸要去买银盾，送给全苏州运动会中铁饼及标枪第一名。所以我和他出去，一路上爸爸又和我讲诗。

1931-06-26

早上7点光景，看见楼上有爸爸的背影，连忙赶到楼上，果然是爸爸。爸爸来了。他是特地送一件纺绸大褂子来，给我今天行毕业典礼时候出风头的。爸爸真好，他都想得周到。

1931-06-27

乐益下星期一要开欢迎会，所以今天她们都来练习。许文锦也来了，坐在四姐的旁边，看我们水社开会。会后，到乐益去试印打字机。真讨厌，我觉得没有钢板好写。写时用的墨水，其中有阿摩尼亚，臭不可闻。写了几个字，头都被它冲昏了。我想还是以钢板油印便当些，好省去不少手脚。

1931-06-29

开始做水社的工作。写讲义，钢板印。一个上午，才印了四张。

1931-06-30

晚上四姐说，乐益的学生又在哭了，她们舍不得毕业，不愿离开乐益。乐益虽然办得不见得好，可是乐益学生们的心，是非常爱她的。这未始不是乐益的好处。

1931-07-01

一起来就写昨晚未完的稿子，写到9点半才写好。名之曰《毕业考试前后的几天》，共十二张四千字。又写了两张蜡纸，晚上又写了一张蜡纸。

1931-07-02

上午拼命写蜡纸，一共印了十九张。照这样工作下去，不到一星期，我们的《水》的选文就可以产生了。因为祖麟和二弟太惬意了，昨天今天要他们吃点苦，让他们没有时间，只好一直在印。

1931-07-11

我正在楼上和四姐刻钢板，忽然打了一个很大的雷，夹着一个大闪，我们都吓了一大跳，小弟弟说他的脸都吓白了。

1931-07-17

早上我在楼上印《水》的文章的时候，二姐叫我到图书馆去找耀平。因为二姐和他约好的。二姐说他在西文室内，果然不错。耀平到乐益里，帮我们工作。折纸头堆起来成一本一本的书。今天整整地工作了一天。到晚上都还开了灯工作。总算把两本《水》一份一份地排好。

1931-08-11

做《水》的工作，把封面装好这才大功告成。

1931-08-14

在度曲室里和二姐待了一会。她是在写小说。

1931-08-25

从早上4点到上午11点，才把这一篇文章写好，定名《梅神庙》。

1931-08-26

陪三弟到东吴去考。回家祖麟已来，把稿子交给他。

1931-08-27

祖麟带来一本最近一期的《水》，二十五期8月号。三姐读了，对我的《梅神庙》很表满意；但是她也有几句批评，我当然欣然接受。我觉得我的东西能够得到别人的批评，我总是很高兴。最怕人读了你的文章，一点反应都没有。他读了于他没有影响，于我也没有影响，这样，就顶不好了。

1931-08-28

乐益今天开学。爸爸的演讲大有进步，声音讲得比以前响得多了。

1931-08-30

今天逛荷花荡。妈妈看见有小船就过去向他们买莲蓬和藕，结果从一个小孩那儿买到七只莲蓬。爸爸只在船上看新买的郭沫若的《甲骨文研究》。小弟弟在玩碗里的螺蛳，小五狗和小姑娘都在弄鸡头米上来。

1931-10-10

我们正在打球，郭大姐来说，姑爷他们来了。大家提议三表叔唱《霸王别姬》。爸爸听了后，马上做诗送他："亦能儿女亦英雄，叱咤娉婷……"晚上爸爸来了，和我谈论国家大事，一直谈到10点多钟。

1931-10-16

昨天晚上爸爸和我们大讲其诗。还叫我们努力造梦，造一个战场上的梦、胜利的梦。可是我睡了一夜无梦。

1931-10-22

后天是旧历九月十六日（阳历10月26日），是大大的忌日，到后天已经整整十年了。我还记得那时我才八岁，几乎忘记了大大。现在我想起她来了。我已经记得不太清楚从前的一切。我只记得大大死前几天，我到她床前去。她总是对我说："大狗，你别进来，这儿味道重。"我永远不能忘记的是大大的临终语。我们都在哭。大大见了我对我说："别哭，你哭的日子还在后头呢！"自然，没有母亲的孩儿不但只在母亲死的时候哭，母亲死后，哭的日子更多呢！临死的人说的话不会错的。爸爸今天从上海回来了。我不知道他会否想到后天是什么日子。我还记得十年前的后天，爸爸坐床边上睁大了眼看着床上的人，那时他心里是如何的难受。噢！我不明白爸爸现在的心理。

1931-10-25

爸爸到底好，他知道我要找关于《楚辞》的参考书。今天早上，我还睡在床上，他就把《楚辞新论》送来了。

1931-12-29

我做的那首《坚硬的心》，三姐用"未央"的笔名，把它抄在稿纸上，预备作《水》的稿子。（摘录）

张宗和

编后记：大弟张宗和的一生，写了大量的日记。以上是1930年9月到1931年12月的日记。当时他才十六七岁，在他十六个月的日记中，他写我们的《水》，每月一期，已经有二十五期。他对写稿、印稿做了不少工作；他写爸爸对教育的理想；他写爸爸对子女的热爱；他写对姐妹兄弟和朋友的友情；他写事实。他是一个最诚正老实的人。（允和记）

得贵妃在明皇面前，不必那么拘束，连唱带做，活泼多了。后来别人也改为站起来演了。

演完戏，宴请宾客，尽欢而散。

想不到，事隔多年，在台湾黯然神伤演《埋玉》。埋的不是扮杨玉环的张元和，而是埋了扮唐明皇的顾传玠这块玉啊！

1996年4月元和忆写

（时在美国加州屋仑市）

拍《喜福会》电影（上）

1992年10月7日上午，徐樱在后门喊："大姐！大姐！"我连忙去开门，问什么事？她说："我们一同去拍电影。"我说："我并未应征临时演员，去做什么？"她说："小蕙告诉他们，说家里还有一位老太太，所以约你一同去。"我想，平日徐樱每周二上午去徐露西公寓清唱京戏，我虽不唱，总是陪她去的。好吧，就迅速收拾一下，匆匆随她到一处办公大楼。稍坐，已至，约定时间1点半。有电话找徐樱听。于是又同乘车到另一办公处，是775号。见一位女士，是选试演员者。她给徐樱几张戏中的台词，要徐樱念，她用录影机将徐樱念台词的神情动态都录了下来，王导演赞好。然后要我坐上椅子，我说"不"。那位女士说："拍张照。"我对拍照素来有兴趣的，遂答应，坐入椅中，任其拍摄。谁知这一拍，就拍定要我当《喜福会》电影中配角的配角了。真是"无心插柳"而当了电影明星（后来大家都称呼我们为明星）。

11月8日接到徐樱自西雅图来信说：《喜福会》电影的主持人，几次给她长途电话，要我同她合作，充当一位演员。我虽曾陪徐樱去过该机构，但无意拍电影。

李林德劝我道："大姨，您何妨参加演出，也许到大陆拍摄，可顺便回去探亲，旅游一趟。"倒是好建议。

徐志云劝我说："很多人想参加演这个戏，没有机会。既然选中你，何不去试试哩？"

方英达说："元和！你脸型上镜头，所以被邀请，去拍吧！"

我被她们说动了心，只要不太辛苦，我会去试试的。

12月17日，天雨，上午9时许，徐樱驾车来接我同至柏克莱电影公司办事处，由一位美国青年驾车送我们两人去试衣处，行驶约一小时始到达。在活动汽车房中，有两位女士办公，一位中国人，一位美国人。

那位美国女士，先拣几件黑色丝绸夹衣给徐樱试穿，后找一套黑绸单薄衣裤让我试穿，都是袖子及裤脚太长，用别针别短而已，大概她们会改成合适的。试完，又在大雨中返。9时半去，下午1时半回到柏克莱。徐樱邀请驾车男士午餐，他因尚有公事要办，没有同食，我二人乃换乘徐樱车子驶至长城饭店，吃了馄饨及小笼包子等返。

翌日，徐樱应露西之约，赴 Haywand 公寓作方城之戏，我照例陪徐樱驾车前往露西家，牌搭子是濮太太、刘太太，及她们姑侄四人，牌局设在露西家客厅，我亦在客厅看《喜福会》剧本，并将两份分开，我与徐樱各执一份。

日来拣出一件中国式黑绸棉袄，一双黑绒尖口鞋，鞋尖上钉有本色珠子花，打算星期一带到电影公司，若能让我穿自己衣鞋，就更合身了。

星期一（12月21日），早起，收拾好，七时许，徐樱驾车来，偕我驶至柏克莱假日旅馆，换乘公司车至拍片场。在活动汽车化妆室，先为我们二人染发、梳头，工作人员是位男士。然后由两位女化妆师为我们涂脂、抹粉，是用剪成三角形的软泡沫制品涂抹的。手续繁多。最后到另为我俩专用的活动车厢，更衣，鞋子可穿我自己的，衣裤仍用那套黑绸单衫裤。

上午没事，早点由人送到车厢来给我们吃的。午餐则到另一处，领了各自所点的主菜端到一所屋内，大家坐到长桌位子上食用，还有饮料及甜点，随各人喜爱自取之。

下午至摄影棚，王颖导演叫助手招呼我二人领三个小孩到布置好的新房床上找红蛋，小孩们拿到红蛋，再领他们出新房。继而要我们两人扶新娘入新房，坐床上，我等离去。

第二天照样去摄影场，本说正式开拍的，后改为23日。我又得在徐樱家住一晚了。

12月23日早晨6时许动身，抵达假日旅馆，正是8时。入内稍坐，前日驾车的男士到来，带我们直驶至片场。

在5号车厢中更衣，到化妆车厢中化妆，与21日手续相同。我带去双喜红绒花四朵，我与徐樱各戴一朵，也交黄太太及新娘各一朵。我两在发髻上一边插双喜花，另一边簪一枝小型火红花。更增喜气之意。

化好妆，女化妆师取出相机，同我俩合拍照片，且又摄背影簪花照，各得一张留念。

上午未拍戏。中午食虾及洋芋等等。下午也只拍我们二人听新房一个镜头。拍五次，王导演要我俩用几种姿态偷听，最后笑出声，掩口而离开。

王导演人极和气，他怎么导，我们就怎么演，合作无间。

因明日（1993年1月5日）要去电影公司拍戏，所以我需要住在徐樱公寓。但客房已有她侄儿同侄孙下榻其中，所以徐樱请我与她同床，她睡床左，我睡床右，她开了卡式录音机，听京戏，声音很响，半小时不停，害我睡不成，她倒呼呼地睡着了。

后来翁太太来电话，同她聊了好一会，我更睡不成了。就同徐樱讲讲话，一夜睡两小时多，5点半醒了，就起来梳洗一番，匆匆同她一齐登车，她仍驾驶到假日旅馆，转乘公司车子到摄影场。

张元和

拍《喜福会》电影（下）

　　先在车厢休息室中换穿黑色绸衣裤等，然后到化妆车厢，一位男士为我染发、梳头，另由一位女士为我敷粉、抹脂、点唇。还参考中国旧时妇女照片哩！

　　梳头男士，为我戴上我自己的发髻，为徐樱戴他梳的发髻。我把上次选的红绒双喜花、红绢花，各二朵，取出，请化妆师替我们插于发髻两旁，显得喜气洋溢。

　　去到摄影棚。首先王导演要我在新娘右边牵着新娘向前走，眼看着新娘，脚下要走直线。如此二三次，有一次，我向旁边贺客们看了一看。

　　再走二三次时，王导演即要我牵着新娘向前走，眼睛看看新娘，再看看旁边人。

　　接着导演要我牵着新娘走三数次，眼睛一直向前上方看。

　　来回走了十几次，都要求走直线，可是我前面有一人拿着白色大板向后退行，我既不能看地，也看不见地，是否走得直，全凭脚下不歪斜而已。

　　后来我想，这一镜头，走这么多次，大概导演要选用他认为最合适的一次吧。

中午吃饭，另有活动车厢厨房，自取盘子，往取主食，然后到室内长桌长凳上坐而食之。饮料、甜点、水果，各自选取，食毕，将盘子投入大垃圾箱，金属刀叉，另放一处，有工作人员清洗。

下午续拍新郎新娘结婚镜头，排立各人所站地位，在每人脚边贴块胶带，以免改动位置。

我的职务，先是捧着一个长方盘，盘中放着大红彩球带，是给新人各牵一头入洞房用的。盘子是旧式紫檀嵌螺钿饰的，非常重，拍多次，我手捧得很酸。有位男士，要在拍摄的间隔时间中为我代捧，让我手休息一会，但我的负责的性儿，谢了他，没有交他代捧，硬撑着拍完这一组镜头。

这组镜头是将彩球盘送近媒婆身旁，由她取去彩球，我将空盘放在后面椅上。

接下来是我拿条几上花烛台交与媒婆。

本日演到下午7时许，始由公司车送我等至假日旅馆，换乘徐樱车驶返屋仑市她家，天雨不停，车行较困难。

晚上，我向她要了睡袋，睡在她床畔地上，地虽硬，睡得还好。

1月6日，本约好公司一早派车来接我们二人到假日旅馆的，但等到6时半，还不见有车来，于是徐樱只得又亲自驾车前往。今天街上往来车子不少，虽阴雨，并不可怕，到达假日旅馆，同一位女化妆师及扮黄太太的陈国荣同往摄影场。

上午拍数年后新娘林多表演做恶梦，指责媒婆不负责看守花烛，任它熄灭。又编造说老祖宗在梦中的三个征兆，说得黄太太信以为真、让她离去的戏。

又拍摄各组演员的特写镜头，直至下午7时许方散。

回徐樱公寓，同她侄儿、侄孙，及林德的幼子司礼同餐于鸭子楼，餐后，他们送我归寓。

这次拍《喜福会》电影很愉快！电影公司工作人员，对我们两位老太太非常照顾。休息时，送椅子给我们坐，又搬电炉来给我们取暖。我虽是配角的配角，享受比主角还有过之。

这些使我想起少年时，父亲有开办电影公司的设想（当时我国还没有电影公司哩！），堂兄绂和五哥说："大妹，九爷要开电影公司，那我们都去当明星。"

后来父亲改变主意，办了乐益女中，我的明星梦，直到老来才实现，岂不有趣！

《喜福会》电影，票房纪录极佳，很多熟人都去看过，见到我都说："我看到你演的电影了，很好！你的镜头很不错。"

张蕙元的儿子赵文祜，有天，同十几位同学，一块儿去看这个片子，见到我挽新娘出场的镜头，就与同学一齐站起来拍手，好像看京戏唱彩似的。挨了邻座观众的"嘘"才坐下来。年轻人举动，真有意思。

张元和

碎金散玉谈顾传玠

每次翻阅昆剧传记类的书籍，文中总会寥寥数语带过顾传玠。这位早期传字辈的小生，算得上是全才，无论巾生、大小冠生、穷生，甚至雉尾生，都堪称翘楚。包括他秉异天赋的唱、演，俊逸的扮相，是所有昆史文籍中，仅存硕果的；数位传字辈老师口中，均予以肯定的。

他在苏州昆剧传习所，学艺并演出约十年（1921—1931），应该是刚攀峰岭，突然与昆脱幅，转入学业。以"志者事成"自励，更名顾志成。卒业于金陵大学后，与名门淑媛张元和结婚。

后于1949年随"国府"来台，经商，病逝于台中，仅得年五十五岁。

这些是现在我们昆界的朋友，对顾传玠仅知的事，也仅及于文字记载，不曾有过他任何影像资料刊列。

数年前，偶然得到两张照片。

一张是顾传玠与张元和的婚照。当时颇为惊异，相中确如所闻，是位翩翩美少年。而张元和女士，清雅秀丽，堪称璧人一对。

另一张是他在《贩马记》中的跌倒镜头，神情并茂。

这一印证，令我神往久之。

所以这次和我先生到美旅游，首站旧金山，念念的就是要见顾伯母（张元和女士）。

在奥克兰小镇上餐店的大窗子，看到热诚的曲友张蕙元送顾伯母抵达时，真是非激动可形容。

九十高龄的顾伯母，依然美丽高雅。她娇小，但挺拔。她因车祸而不良于行，拄着手杖，但婉拒我的搀扶，和我携手入座。

顾伯母回首往事，如一首首音律柔婉的昆曲，似"如梦令"，更是"九回肠"。

顾传玠原名时雨，先尊是位塾师，虽称诗书传家，究竟寒素。老先生因爱兰，结缘于姑苏四大家族的贝晋眉（贝聿铭的叔祖）。

时值1921年春，苏沪曲家俞粟庐、贝晋眉、穆藕初、徐凌云、张紫东等，忧患昆剧后继无人，乃集资于苏州五亩园，开办昆剧传习所，广招清寒子弟，延请全福班名艺人沈月泉、尤彩云等为教习。

当时为筹集资金，由穆藕初发起曲家彩氍。

俞振飞其时年仅十九岁，和谢绳祖、穆藕初为此，在杭州灵隐韬光寺，倒是隐晦了月余，由沈月泉教导，学会了《拜施分纱》《折柳阳关》《辞阁》及《断桥》《游园惊梦》《跪池》。

后在上海夏令匹克剧场，会串三天，沪上轰动，集资颇丰，奠定传习所的成立基础。

顾时雨年仅十一岁，和长兄时霖（传霖，早逝）入了传习所。分科时，因相貌隽灵，选入小生行。

传习所由曲家王慕洁为学子们订名，除因"传"字的传承意义外，其末字按行当分。小生是斜玉旁，取其"玉树临风"，如周传瑛。旦是草头，意为"美人香草"，如朱传茗。老生和净乃金边，应其"黄钟大吕"，如郑传鉴。而丑是依水，乃"口若悬河"，如华传浩。

玠者圭也，乃玉之贵者。

顾传玠天资聪颖，在学子中，很快就显得"出挑"。在课堂上，称"小生作台"，学子围在一长方台边，由老艺人按板度曲。每曲学会后上笛，例由传玠引领首唱，则余子再依次轮唱，均由他为之吹笛。

传玠出色的笛艺，也在其时养成。俞粟庐对俞振飞与许伯道有"大江南北二支笛"之美誉。而顾之笛艺，实不遑多让，这是寒山楼主对他的嘉评。

在舞台上，他台风气蕴佳，嗓子宽而水灵灵的。

传玠和朱传茗被拔擢，搭配为班中领衔的一对生旦。学艺三载，就开始陆续演出于上海徐园、笑舞台等。

这批学子，当时仅十五六岁左右，他们边演边学，那时大约是1925至1927年间，他们能演出的已近二百余折戏。而串成本戏的也有《呆中福》《钗钏记》《武十回》《白蛇传》等三十多出。

很快，传玠在圈中声誉鹊起。

他在学艺上刻苦自励外，凭借他异于常人的天赋，知道揣摩、拿捏角色的分量。所谓不温不火地掌握，恰如其分地表达。这在一个好演员，要靠经验累积，才能达到的火候，而传玠在这个年龄已经能体味。

同样的巾生，对《牡丹亭》《玉簪记》《西厢记》里的柳梦梅、潘必正和张君瑞，他有不同的深情、缠绵，甚至挑闼。《狮吼记》中陈季常的哐嘻，《连环记》中吕布的刚猛、浮浅，在在有着传神。

他有两个很大特色。

其一，传玠在演唱时，常有皱眉的习惯。在表达《千忠戮》的建文帝和《长生殿》的《埋玉》《闻铃》等悲凉凄苦角色时，特别能传递强烈的起伏感受。

周传瑛回忆录中提到，新乐府时期，在徐园演出《撞钟分宫》的崇祯帝，传玠的表现神采飞扬，气韵跌宕，演与唱好得出脱了，行话叫"开了戏门"。唱到"恨只恨，三百年皇图一旦抛"，匆匆下台，回到戏房，尽至咯血。以后这折戏他就不常唱了。

其二，传玠在演出前，保持心境沉潜，在踏戏（排戏）时，喃喃独语，自我手足傲拟。在喧哗的后台，他人不知其所以。其实在那个年龄，他已知在表演前的"进入角色"。

这不仅是天分，更是真诚而尊重对待自己的角色。

曲学家吴梅，独钟传玠，1927年曾自编《湘真阁》杂剧，亲点传玠任主角姜垓，佐以朱传茗、施传镇、倪传钺。

1926年穆藕初经商失利，对传习所支助难以为继。

由大东烟草的严惠予和陶希泉接续援手，易名为"新乐府"，笑舞台改装，俞振飞主其事，成立演出日，盛况不啻言。吴昌硕为传玠、传茗亲书对联，为嵌字格：

传之不朽期天听，玠本无瑕佩我宣。

传随李白花闲想，茗倘樵青竹里煎。

严、陶的作风，和原传习所的传统有着差异。对几位出色的演员，待以"捧角"的态度。尤其对传玠，爱护得无以复加，除了薪资的差异外，几乎是夏绸冬裘、私彩华饰、包车跟班的待遇。很自然地引起不安，使原本亲密、淳朴的师友间，有了冲突和矛盾。

尽管在舞台蒙受一致眷宠，他还是萌生退意。

当时传玠曾在三条道路中彷徨抉择。

是留在圈内继续演出，抑是应梅兰芳之邀，合作搭配小生，或弃演就学。

而当时社会的情况，政治、经济紊乱，昆剧的维持本就颇艰苦。虽有南徐北佃（徐凌云、傅佃）及很多有识及艺文之士的爱护，但艺术还是要靠安定与繁荣才能茁壮成长。加上一般人对伶人的偏见，和班中出现的波澜，都令他难以心安。

1930年年底，传玠在陈调元寿宴堂会上，和梅兰芳合作《贩马记》，梅大加激赏，当场盛邀他合作。

新乐府的严惠予爱惜传玠之才，鼓励他上进，愿支助他就学。

最后，他的抉择是进入东吴大学附中。对传玠本人，是进入一个全新的人生。对当时飘摇不定的同期师兄弟，却是桩沉重的打击，因新乐府不久也随之分崩瓦解。

翻阅着顾伯母带来的相簿，里面全是逝水的韶华流年。在太湖山石侧，在垂杨展柳旁，那个时代的风情，雨香云片，全在梦儿边。

张府祖籍安徽，一直寄寓姑苏，祖父曾任巡抚，修沧浪五百名贤祠，整宝带桥，家中亭台楼阁，宋元名椠，并拥昆曲家班，能演《牡丹亭》五十四折。

父亲张冀牖，捐出祖产，让却宅园，创办吴中乐益女中，人称"开明的贵公子"。

这位张府贵公子，有一笔字、一口曲，能笛善箫，满腹诗词。培育出四女六子，个个是菁秀。

张府四姝均是奇葩。

长女元和（顾伯母），习业夏大，精于昆，嫔昆曲名家顾传玠。

次女允和，娴熟旧诗，严于格律，音调铿锵，十几岁即入南国社，著有《离乱曲》。夫婿周有光是著名语言学家。

三女兆和，接受新文学思想，夫婿为沈从文大师。

四女充和，娴昆曲，善书法，拜沈尹默为师，得精髓，善篆隶，执教耶鲁大学。

张元和自幼为诗礼书艺熏陶，她钟于昆，家里延请全福班伶工尤彩云为其拍曲授艺。她参与苏州"幔亭曲社"，同允和、充和姐妹常彩串。

新乐府时代，元和正在上海，传玠舞台声光最滟的时节，所有风采均映入元和眼底。

苏州有三个曲社，"道和""契集"，只有"幔亭"是纯女士。

"我们是不到他们那儿的，不过呢！别的曲社的男曲友，是常来幔亭的。"在顾伯母慢悠悠的口中说出来，全是当时的风韵。

其时，在苏、沪名曲家俞振飞、项馨吾、袁安圃、谢绳祖、翁瑞午，因年龄相若，常在一道唱和，俞是生，余者均旦，戏者称是一壶四杯。而四旦的风韵，恰是花部四大名旦的格调。袁的扮相美，音色柔润，似梅兰芳。项的猿啼涧溪近程砚秋。谢的嗓子刚健喻为尚小云。翁的姿放可拟荀慧生（翁是陆小曼的腻友）。

在苏州，元和十来岁，就常随父亲到会馆看全福班，当时还是老式戏台，有门帘和柱子，据方桌，供茶水。观众辄挟一大叠线装曲本，翻着戏谱，随着吟哦。她忆中，当时全福班的伶工都老了。

传字小班接上来，记得在苏州青年会，看他们初展剧艺，稚嫩可掬，印象深的是小艺人的老法扮妆，又不熟悉技巧，且的嘴唇只有三点红，真不受看。

慢慢艺术娴熟，在苏、沪广受赞誉，传玠的《见娘》《拾画叫画》，已尽得精髓。

传玠在东吴附中，巧与张家宗和、寅和兄弟同学。高中于光华，允和其时正执教于此。这个机缘，他偶尔会到张家探访，当时四妹充和，正痴迷于昆，传玠也常点拨示范身段。

那时元和与传玠倒不太熟。

吴梅大师执教东南大学时，曾在元和所上的南京一女师教词曲，元和记得他总是长袍里挂支笛子，讲授辞义外，还教《闹学》的"一江风"，和《赏荷》的"桂枝香"，一派大师风范。

元和二十来岁，由沪读书就业后，返苏州，在自家九如巷，请了蔡传锐拍曲踏戏，周传瑛搭小生，常在曲社彩串。

"幔亭"每月曲叙一次，由中午清唱到晚上，全是整出，预先安排好戏码和曲者。晚上聚餐时，可以唱散曲。传玠已于金陵学成就业，辄喜到苏州幔亭来玩。

顾伯母回忆他的笛瘾很大，餐间，不肯唱，偏爱吹，每向曲友作揖，"请教一曲""请教一曲"，一餐下来，他可以打笛子通关不歇气。

忆在苏州一回，三天三夜的义务戏，苏、沪、南京曲家都来了。徐凌云的《卖兴》《当巾》，他的丑被叹为观止。他还演判官，会耍牙，在口中盘牙，更是绝活，无愧人称"俞家唱、徐家做"。

那次张氏姐妹的《楼会》开锣，《断桥》压台，顾伯母提到得意的"双脱靴"，开心得仿若婴宁。

抗战期间，传字班在昆山一场募捐戏，曲友也串演，元和初露《亭会》。她听说传玠看望师兄弟，被邀客串《见娘》《惊变》《埋玉》，这是她父亲最激赏的几折。她马上电告家中，张老先生带了续弦和其他孩子，包车赶到昆山观剧。

在后台，还未过瘾。和传玠最熟的宗和、寅和厮缠着他，左边一拳，右边一拳，传玠答应加演《吟脱》。元和当时还不懂，原来是李白"吟诗脱靴"，现在称《醉写》。

当时传玠就和周传沧的高力士，背对背推磨打转，临时演练。

传玠背诵清平调："云想衣裳花想容，春风拂槛露华浓，若非群玉山头见，会向瑶台月下逢……"他突然顿住了。元和接了句："一枝红艳露凝香……"

该前世缘订，不早不迟，是萌于焉？

顾伯母忆中，李白出场的醉步，虚眯的醉眼，由宿醉，醒醉而大醉，她称传玠的表演如入化境，原来沈月泉此剧就是独步。

接着昆山，大伙又到正仪路玩下来，那儿有个荷花池，以并蒂莲、重楼著名。传玠撩衣下水去观荷折藕。在餐叙中，传玠不见，元和觅之到湖边，他独自躺在小舟上吹笛，元和为他留影。

战时，张家避居安徽，元和与传玠常藉鱼雁往返。

一回，日本人把她们苏州乐益女中图书馆藏书全堆到操场，好的字画，拔轴掠走，其余要烧毁。传玠知悉，马上联络沪上的寅和赶回，聚友人叫了几十辆黄包车，连夜把藏书搬到吴子深小妾家，得以保全。

吴子深世居桃花坞，名画家，为吴门贵公子，当时有三吴一冯，均肖马。即吴湖帆、吴子深、吴待秋、冯超然。冯亦是名曲家，习白面，《议剑》《打车》是其拿手。台湾张毂年之舅父。

曾缘冯之介绍，穆藕初才识俞粟庐，而有传习所创立的一段功德。

吴子深妾叫李云梅，美甚，极聪慧。她不识学，但随张传芳学了《寄柬》，台上情致娇憨。

民国二十七年冬，传玠生日他们订婚。次年春结婚，定

1939年摄于上海，凌萱说"多么漂亮的一对"

居上海，曾暂居陈调元华屋。

顾伯母忆及，他们婚宴在二马路的大西洋菜馆，吃大菜（西餐），贺客逾百。传字班师友正在上海仙乐戏院演出，赶来助兴。由方传芸演《送子》示贺，演完将喜神娃娃送到元和手中，令新娘娇羞不胜。

又闹传玠唱《跪池》，他作揖告饶不已。贺客尚有赵景深，他的一曲扬州《空城计》，令婚宴欢乐到了高潮。

婚后，小夫妻恩爱逾恒。传玠下班抵家，一个吊毛立跃台上，练功还娱妻。假日，倚阳台栏杆并坐，迭声唱和。

那是汪精卫时期，行政院副院长褚民谊习净，经常家中檀板清讴，笙簧并奏。传玠、元和是常客。某回，他们新婚夫妇的一曲《盘夫》，引得大伙粲然。

褚府每有彩串。一次和褚民谊与女合演《断桥》，红豆馆主傅侗，亲为元和执排青儿。傅侗是随丁兰荪学戏，丁向有温文蕴藉、玉琢兰芽之誉，傅侗教导亦得其精妙。

民国三十八年，局势吃紧，传玠早已转入商界。

通过警备司令部毛森，以一两金子一张票代价，抛却珍贵辎重，获保身家，乘中兴轮抵台。

台中满城的红棉树，迎接了传玠夫妇。顾伯母很喜欢台中的清新，定居于斯。

传玠在台的经商迭遭波折，抑郁令他不大参与台北曲友活动。和很亲近的老友，亦愿偶舒郁怀。

与陈定山在台中，曾酒边吹笛，玉指飞声，犹不减张褚当年。传玠拍了"收拾起大地山河一担装"，一句"苦雨凄风带怨长"是多少心境写照。

40年代中，和寒山楼主欢聚，论艺之余，为楼主吹笛，歌《弹词》《骂曹》《访普》，笛声遏响飞朗。

传玠的早卸歌衫，在蓬瀛宝岛，不曾拍断红牙，吹酸碧管，却是繁华退尽。于1965年，因病肝，逝于壮年。

元和女士于伤痛之余，曾手书"昆曲身段试谱"，作为纪念。她曾为文提到"在台湾黯然神伤演《埋玉》，埋的不是杨玉环，而是顾传玠这块玉"。

在台北曲界，她和徐炎之、张善芗夫妇，及焦承允同为曲会鼎柱，推广昆曲不遗余力。

后移居美国至今，仍常作示范性的演出。顾伯母是丰富的，她有一生缤纷可忆，诸多的好友可聚。馨香祷祝，愿她是天半朱霞，一生颐年长乐。

贾馨园

1997年8月5日

张宗和昆曲传记

张宗和（1914—1977），业余曲家、历史学教授。籍安徽合肥，生于上海，家居苏州，先后在苏州、北京读书。其父及姐弟等皆雅好昆曲，受家庭熏陶，师从沈传芷、周传铮学曲，习昆小生兼昆旦，并擅吹曲笛。1932年9月考入清华大学历史系。1935年2月经同学殷炎麟介绍，参加俞平伯教授主持的清华谷音社曲事活动，成为该社主要成员。其间向"兴工"笛师陈延甫学《硬拷》《乔醋》《拆书》诸曲。偕其姐张兆和、张充和参加谷音社同期曲会，曾清唱《楼会》《游园惊梦》《抬画》《问病》《看状》《小宴惊变》等出。

1935年11月曲家俞振飞莅社，称赞其嗓音好，并亲为其吹笛唱《絮阁》。1936年6月在盛大的谷音社第五次公开益集上，与陶光合唱《折柳阳关》（饰霍小玉）。1936年7月清华大学毕业旋离北平。同月在青岛青光曲社识女曲友孙凤竹（籍扬州，习昆旦），后遂结为伉俪。曾任教于苏州乐益女中和云南昭通师范等校。

1942年10月初应聘执教于昆明云南大学任讲师。与陶光同为骨干，联络云南大学、西南联合大学和呈贡中法大学教职员及家属中曲友清唱曲叙，并鼓励学生课余习曲。1942年11月7

日昆明三大学昆曲研究会成立，到会代表二十余人。在曲会清唱活动中常为曲友吹笛伴奏。在为学员拍曲活动中亲自传授了《琵琶记·南浦》等出，孙凤竹则示范了《牡丹亭·游园》等出。在同期活动中，夫妇常合唱《折柳阳关》《受吐》等出。曲会曾应邀在西南联大中国文学系用曲牌联唱的方式清唱全部《牡丹亭》，张宗和唱《学堂》"一江风"；曲会还多次应昆明广播电台之邀前往清唱播音，张宗和为司笛并唱《扫花》，与张充和合唱《游园》等。

1944年返安徽在立煌古碑冲安徽学院任教，与赵景深时相往还。同年6月，夫人孙凤竹病逝于安徽肥西县聚星集张新圩。1946年在苏州社教学院任教，参加俭乐曲社等活动。1947年9月到花溪贵州大学执教任副教授。1953年院系调整时转入贵州贵阳师范学院（今贵州师范大学）任副教授。其间传授昆曲，学生有徐家玲、金琮瑶、周忠珍、凌令时、张清和、赵得琳、张申兰等。曾为排演《牡丹亭·学堂》（张申兰饰春香、朱鉴龄饰陈最良、张宗和司笛）等戏。

1973年偕续弦夫人刘文思重游昆明，得晤昔年老曲友吴征镒、张友铭等，为吹笛唱昆曲。1977年5月15日病逝于贵阳，享年六十四岁。遗著中除史学专著外，尚有1962年在贵州艺校代课时编写的《中国戏剧史教学大纲》等。笔名钟和。

朱复

（作者是北京昆曲研习社社员。此传是为台湾"中央大学"洪惟助教授主编之《昆曲辞典》"曲家"部分提供。洪对张氏三姐妹在昆曲上的贡献比较熟悉，而尤其对张宗和老师在清华大学、西南联大、云南大学等处组织曲会发挥的作用了无所知，故予提供。部分资料由刘文思、张允和提供。）

作曲家张定和在重庆

张定和先生是一位多才多艺多产的作曲家，在他六十多年的创作生涯中，用他的心血写出了数百首音乐作品，仅就不完全的统计，他曾为二十九部话剧、十一部歌剧、两部舞剧、七部舞蹈、七部戏曲、五部电影、三部广播剧、一部木偶戏、两部儿童电视节目写了音乐；此外，还写了近两百支歌曲和三十部器乐曲。

抗战时期，张定和自1938年春至1946年春的八年期间在重庆工作，主要从事音乐创作。这段时期正是他风华正茂、才气横溢的青年时代，创作了大量脍炙人口的抗日爱国歌曲。在此期间他曾为十五出话剧写出了三十七首插曲，同时并创作了一百多首唤起人们同仇敌忾、保卫祖国、收复失地的歌曲。由于张定和酷爱文学，学过美术，会唱昆曲，钟情民歌，因而他的作品优美、抒情、朴实、典雅，用亲切感人的流畅旋律，唤起人们奔放的热情、奋发图强的精神。他的作品广泛流传在群众当中，尤其是大中学生和青年知识分子喜欢歌唱。甚至连街头流浪卖艺的盲艺人也用二胡拉着他的《在昔有豫让》和《江南梦》等歌曲招徕听众。

张定和音乐作品的特点是运用西欧的作曲方法表达出浓

郁的中国民族风格。他的歌曲大多能将歌词的内涵、情感、意境，甚至语言的语气、词汇的声调，以丰富的、他自己特有的音乐语汇充分而贴切地表达出来。他的音乐感情丰富、旋律优美、清丽婉约，如行云流水自然而动听感人，而且每首歌曲皆因其内容的各不相同而各具特色，所以也不乏气势磅礴、豪放粗犷的作品。尤其是他在为描述古代故事的话剧写音乐时，由于古代音乐的资料很有限而模糊，他就通过某些文字方面的线索，以及自己对各种古代文化艺术作品的感受和理解，用自己的情感和想象谱写出音乐来，表达了那个时代的情感，特别是对外国古代话剧的谱曲，他便根据不同国家的民歌调式，谱写出了惟妙惟肖的歌曲，广泛地受到人们的喜爱。

张定和在重庆的八年间，为当时雾季公演谱写的话剧插曲，有的已连同剧本成为传世之作，至今还在海内外演出中歌唱。1941年11月他为郭沫若的话剧《棠棣之花》谱写的七支歌曲，当时曾传遍重庆的各个领域，校园里大学生爱唱《去吧兄弟呀》，中小学生们喜欢《在昔有豫让》。而那首意境深邃、感情奔放、诗意盎然的《湘累》却成了许多音乐会上的保留节目。著名的女高音歌唱家喻宜萱、周淑安、黄友葵等都曾演唱过它。

1940年4月国立戏校在国泰大戏院首演由顾一樵编剧的历史剧《岳飞》。该剧歌曲《满江红》为岳飞词，张定和谱写新曲。《岳飞》全剧，竟有两场无台词，全是歌唱，男高音

"怒发冲冠"喷薄而出，慷慨沉雄，震动全场，掌声雷动。两场歌唱充满了奋发图强、还我河山的豪情壮志，充分显示了张定和优秀的乐思和才华，按剧情的需要谱写出气势磅礴、豪放粗犷的作品。同年12月张定和又为吴祖光编剧的《正气歌》谱写了音乐，创作了女声三部合唱《连理花》、混声四部合唱《老骥伏枥》两首插曲和为文天祥长诗《正气歌》朗诵配乐十六处。在朗诵的配乐中他以独特的手法，用赋格的形式，将雄伟壮丽的主旋律在不断变幻的和声衬托中，让乐曲迸发出炽烈的强音，层次叠进地显示出对《正气歌》中赞扬的苏武、董狐等气节崇高的仁人志士的景仰，对天地正气的颂扬。这是张定和又一成功之作。陈济略在《时事新报》上评论他的《岳飞》和《正气歌》的音乐时说："两出话剧的音乐都歌颂了数百年来流传不息的民族精神，定和先生以浩然之气，炽烈的乐音抒发了这种至大至刚的'正气'和'精忠报国'的民族精神，激励着爱国者的斗志，召唤人们克服万难，奋发图强，战胜顽敌，争取抗战的必然胜利。张定和在重庆时还为外国话剧《复活》《奥赛罗》《大雷雨》等创作了插曲。他在《大雷雨》中创作的五首歌曲，其中如《俄罗斯的忧郁不会长》《长夜漫漫何时旦》《求你晚一点动手》等都采用了俄罗斯民歌的基调，再加以发展、变化，把人们的听觉带到了当年奥斯特洛夫斯基的那个时代，正如俄罗斯民歌《伏尔加船夫曲》和亚历山大罗夫的《伏尔加河》的主旋律那样，充满了俄罗斯泥土的芳香。

张定和在重庆的八年间，其中有一年多执教于国立剧专，并为吴祖光的《凤凰城》《正气歌》，余上沅的《从军乐》，顾一樵的《岳飞》等写了歌曲、器乐曲外，其余时间主要任职于重庆的中央广播电台音乐组，专职作曲工作，除继续为话剧创作插曲，同时还谱写了大量抗日爱国歌曲和抒情艺术歌曲，如《神圣的抗战》《军民合作歌》《抗战建国歌》《凯旋歌》《胜利狂欢曲》《春晓》《江南梦》《江南昔日风光好》，以及中国民族乐器独奏曲、合奏曲一百多首，并在电台定期广播的音乐会上演出。他创作的抒情艺术歌曲有许多像音乐画一样，给人以优美丰富的联想。如他在为唐诗中孟浩然的《春晓》谱写的独唱曲中最后乐句"花落知多少"的旋律极为优美而形象，他用了十六个16分音符从A音反复曲折地逐步向下滑行8度，使人们深深感到无数的落花是从空中随风婉转飘荡，一波三折，悠悠扬扬地降落在地面，从音乐中给欣赏者增添了对大自然美景的无限遐思。他还有一首独唱曲《寒蝉凄切》，是用宋词中柳永《雨霖铃》词牌谱写的，词的主题是描述离情别意，其中一向被词人们称作"词眼"的"今宵酒醒何处？杨柳岸晓风残月"一句，他用昆曲的手法写成，从音调中加深了词作的凄凉意境，构成了一幅晨风、晓月、孤舟、离愁的秋景。声乐家蔡绍序曾在《乐风》上评论张定和的抒情歌曲时说："张定和先生艺术歌曲引人入胜之处，是他微妙的乐思，让作品诗中有曲，曲中有画。"张定和的作品有时是采用了"柔中见刚，刚外显柔"的艺术手法来处理。如他在《江南昔日风光好》歌曲中描述了江南景色美好之后，音乐急转直下，出现了"昔日歌声今已杳，铁骑踏遍江南草"激动而愤怒的乐句，不正是激励着人们去战斗、去抗争、去收复失地吗！现代最重要的作曲家巴托克曾说过这样一段话："……就象征意义来说，我所记录的每一小节音乐、每一段民谣旋律都是政治活动。在我认为这才是真正爱国的表现，是脚踏实地在做事的政治活动，而不只是空喊口号。"

张定和于1944年至1946年间先后在重庆、成都、上海开了个人作品演奏会，演奏他抗战以来创作的部分歌曲，并陆续在电台广播他的广播剧和新创作的独唱与合唱歌曲等。1945年6月在一个纪念已故美国总统罗斯福的音乐会上，张定和根据舒伯特的名曲《圣母颂》，编写了一个女高音独唱、男高音独唱和混声四部合唱及弦乐伴奏的谱子进行演出，并同时向国内外广播。他的作品在每次的演出中，都受到听众的热烈欢迎。

他在重庆时当过音乐刊物的编辑，并热心辅导群众音乐活动，还经常参加业余合唱团的排练或担任合唱指挥的任务，当年在重庆较有名气的山城合唱团、谐医合唱团等都曾受到过他的辅导。

我国著名音乐理论家、音乐学家钱仁康教授曾评论说："张定和的作品，有高越的理想和丰富的感情，深情婉约，而又清新可诵；表情和速度多变化，演唱者非有深邃的理解力很难把握；有的曲子，即使用的是西洋的形式和技巧，但表现的却是中国人的性格和感情，如他的《流亡之歌》《江南梦》《嘉陵江水静静流》深情婉转，声情并茂；《满江红》则慷慨沉雄，上、下片遥相呼应，而又相互对比，情趣盎然。"钱教授在评论中不无遗憾地说："张定和是多产作家，半个多世纪以来，所做独唱、合唱歌曲、歌剧、舞剧、话剧和电影音乐斐然可观，但至今还没有出版过专集，实不利于文化遗产的传布和保存。"

但是张定和自己却说，他的音乐无须乎再正式出版，也无须乎再开什么音乐会了。因为他已从一些回忆文章中和亲耳听到或辗转传来的话语中知道，在过去的半个多世纪里，海内外有不少人（他认识的和不认识的同龄人和不同龄人）至今仍喜爱他的音乐。

诚如定和先生所言，几十年后他的乐曲《芳草咏》、歌曲《江南梦》被台湾电视剧《几度夕阳红》采用；著名画家安琳女士已届古稀之年，至今犹能吟唱张定和的许多歌曲；著名表演艺术家张瑞芳同志1994年4月来重庆参加国泰大戏院揭牌典礼，在部分文艺界人士欢迎她的座谈会上，由她带动大家高声齐唱张定和为《大雷雨》所创作的《俄罗斯的忧郁不会长》；1994年除夕夜，我国留学海外的学子们为欢庆祖国春节的到来，在哈佛大学的礼堂舞台上，举办了"迎新春音乐晚会"，节目中演唱了张定和的《春晓》和《江南梦》两支歌曲，藉以表达他们在佳节中对祖国的怀念，对亲人的相思——"白云飘，青烟绕，绿荫的深处是我的家呵。小桥呵，流水呵，梦里的家园路迢迢呵！……"那清丽悠扬的歌声，飘荡在波士顿城市的上空。此外，有些人也常常会在高兴时或怀旧时哼唱起他写的歌曲，回味无穷。所有这些，都说明了他的艺术创作魅力曾撞击了生活在不同时代中人们的心灵，从而引发出这样经久不息的共鸣。

罗志英

（转载自《重庆文化史料》2001年第一期，稍有删除）

读张兆和

因为工作的关系，我和张兆和老人成了忘年交。张老原在《人民文学》任编辑，现在离职休养。开始我还称她为张兆和同志，来往也只限公务方面的事宜。接触多了逐渐熟悉，但不知始于何时竟自然地称她为兆和阿姨了。这一方面是由于尊老，更主要的是出自内心的敬贤。她的年龄与父母辈相仿，可以说是长辈，理应尊敬，但更值得我崇敬的是张老的人格和品德。其中还包含一份爱慕之意。用俗话说是缘分吧。张老对我的爱护亲如挚友。当她牵着我的手对来自远方的胞弟和弟媳妇介绍说"这是我的好朋友"时，我羞愧得无地自容，不仅受宠若惊，更受之有愧，简直像在师长面前受嘉奖的小学生般地面红耳赤。

我们常常促膝对坐，或彻夜长谈，但我自认为对她仍然知之甚少。就像读一本好书，每读一遍就有一层新意，永远启迪你的智慧，令你读下去，再读下去，百读不厌。她就是这样一本书。尽管到目前为止，我尚未读懂读透，但已隐约见到笼罩在她周围的光环。跟她在一起，有时我会痴痴地请她继续讲下去。她说她没有故事了，我便坦率告诉她："你就是一个美丽的故事。"说实在的，我爱做她的听众，痴痴地听她娓娓道来。她的一生在别人看来也许是苦难的经历，但从她嘴里说出却成了多姿多彩的故事。尽管这故事会让人落泪，但绝不会使你因伤感而消沉，而是激励你奋发向上，让你加倍地珍惜生活中每一份艰辛、每一片幸福。因而也就成为我人生之路上的谆谆教诲。真是"听君一席话，胜读十年书"。

她慈眉善目令我亲近、喜爱，更让我崇敬她那女性的独立人格——自尊、自强、自信、自立，她是文化名人沈从文的夫人，却毫无夫人的派头和架子。在崇尚名人、追逐明星的社会，在国内外文坛掀起越来越高的"沈从文热"的今天，她在别人面前从不吹嘘炫耀，既不吹嘘沈先生作品精湛，也不溢美沈先生在文学史上的地位，更不炫耀自己的奉献。一年前，她曾默默地从自己微薄的工薪中拿出几千块钱，捐助二十五名失学儿童复学，并负担他们小学毕业前的全部学杂费，而她工作的单位无一人知晓，我也是在最近偶然知道的。她在生人面前尽量隐瞒自己的"夫人"身份，当别人问及，只简单地说自己"是编辑，姓张"。当聪颖漂亮的外孙女出嫁异邦，她委婉告诫孙辈："千万不要甘心做商人妇，要有自己的事业，要自立。"虽然她已经是耄耋之年，却决不倚老卖老要求别人照顾。从她嘴里不会听到"我老了，不行了"之类的自悲自怜的言辞，她总是不服老，仍然孜孜不倦。她每做完一件事，干完一项活，常常既是问别人又是审视自己地说："还可以吧？"总是告诉大家也是提醒自己："我还不算老，还能干得很好！"

　　张兆和阿姨平时只跟孙女沈红两人一起生活，只有节假日儿辈们才回家欢聚。家中无保姆，日常家务基本亲自操劳，不但"自扫门前雪"打扫自家卫生，而且还清扫公共的楼梯、门窗等。本来楼内有清洁工，没有谁分配她清扫任务，这完全出于自觉、出于习惯、出于良好的公共道德。他们家的后阳台也像其他久住高楼的市民家阳台一样，种些花草调剂生活。张兆和阿姨给它们起一个极美丽的名字——后宫佳丽。平时这些"佳丽"由孙女侍弄，但孙女是搞社会学的，时常要到国外或边远地区考察，一走就是一两个月，照管"佳丽"的任务自然落到奶奶的头上，她也就顺理成章地晋升为"后宫"的"张公公"。她养的这些佳丽并非精心选入宫中的，所以并不是什么奇花异草，只是些名不见经传的一般花草，但是张兆和阿姨却赋予它们极优美的灵性。对待这些"佳丽"也并非一概宠幸，往往根据它们的性情分别对待。她对无须浇水、不必施肥，然而依旧鲜亮、俊俏的干花——毋忘我，以及来自湘西沈从文故乡的虎耳草情有独钟、自有偏爱。下面摘记一段她离京外出留给孙女有关侍弄"后宫佳丽"的备忘录：

　　　　毋忘我——排第一，无他，人品中之至上者也。
　　　　文竹——欣欣向荣，但必随时剪枝，勿使滋蔓。其中之一主动收养无家孤儿牵牛花，仁爱之心可嘉。

阔叶吊兰——气派虽像贵族，叶却易枯萎，显示贵裔之衰落。就时代革新之要求，决心剪除。

仙人球——本身无可取，且有刺。赖养子之仁孝（头顶嫁接另一植物），且宫中只此一种开红花，姑存之。

紫背竹——甚霸道，无可取之处，打入冷宫！其中两盆连根拔去新插，且拭目以待。

虎耳草——虎虎有生气，正身强力壮之时，多子孙之兆也，何不解放思想，暂置计划生育于不顾，繁衍子孙，俾无后裔之家，获得素质良好之嗣，对我中华民族亦大好事。

虎皮蕉——坚决打入冷宫！

……

读到此不难看出她人格的一个侧面。她，无私忘我，仁慈善良，怜爱弱小，反对霸道，鄙视权势。她与世无争，把名利看得极淡；她不为尘世所扰，生活极其规律，每天早早起床，做力所能及的家务以减轻儿孙们的负担。她也埋首案头协助儿子编辑沈先生的全集，但更多的是读书、吟诗，陶冶情操，净化人格，完善自我。闲暇时，她也自我保健——给自己按摩。别看她人很瘦小，体重不足三十五公斤，但十指异常有力。这不但和她一生勤劳有关，同时也和沈先生晚年中风半身不遂后，她长年为丈夫保健按摩分不开，这经历不但增加她的手劲，也使她通晓按摩之道。依照她目前的精神和健康状况，双花甲对她来说毫无问题。

金玉良

原谅我，亲爱的母校

"原谅我，亲爱的母校。"这句话埋藏在我心中已快五十年了，它使我羞于回母校——乐益女中。更没有勇气见我的敬爱的校长，我的好五舅张寰和。

记得1950年，解放初期，我从香港回沪，立即赶赴苏州，入了乐益女中。这是一个和睦的大家庭，校长张寰和是一个多才多艺的诗人、摄影家、教育家，同学们一个个都像纯情的小白鸽。可我是一个出生在扭曲的、不正常家庭的野鸭子。刚进校时，我的数理化程度差得极远。而我那曾在乐益毕业的表姐屠式玫却是个出色的优秀生。我好胜，不甘落后，拼命用功。老师与高班同学都十分喜爱我，常利用晚自习时间精心辅导我，我的成绩进步很快，学期结束时，我的总平均分超过了90分，登上了学校的红榜。在五舅的帮助下，我还代表学校参加过苏州市的演讲比赛，和学生们自编自演小话剧。记得我演一个凶狠的后母，高家莺演可怜的小姑娘，滕玉瑛女扮男装演父亲。我们三人居然在几十年后相聚在上海，还时常回忆起当时五舅亲自导演的情景。我们的演出在苏州有一定的影响，五舅高兴得像孩子似的，还亲笔写了评论及表扬信，高家莺至今还保留着，还有剧照。我还记得当年我被选为学生会副主席，那时我才十四岁，什么都不懂，都是靠老师、同学的帮助才硬拔上去的。我的母校不仅十分重视教学质量，聘请的语文、数学、化学老师都是最出色的。化学老师是四舅妈，她的课讲到精彩处，居然能使学生们鼓起掌来。但她又是十分严肃的，大家既爱她又怕她。学生中后来学化学的人较多，恐怕与她的教学有关，屠式玫、史美芬就是其中的两个。此外，在文学、音乐、美术、戏剧方面都很注意培养。90年代，政府在中学的教学中大力提倡美学、艺术等教育内容，其实早在五十年前，我的母校——乐益女中就做得十分出色了。因此在毕业生中，出了不少艺术家、作家、演员等。

这么好的母校，这么出色的老师，这么可敬可爱的校长，我都不懂得珍惜。我当时得到的赞扬多了就飘飘然起来，自以为是，在少数同学的鼓动下，我居然出头在食堂闹事，在一次吃饭时以伙食不好为由，将饭菜扣在桌子上以示"抗议"。事情后来怎么发展，我忘了。只记得事情发生后，我马上后悔了，所以当母亲从上海来苏州后，我立即就跟她回沪了。我在乐益女中只念到初二，就带着负疚的心情离开了……这就是我始终没有主动与五舅联系的原因。

70年代，我下放在苏州阜宁县时，听说五舅全家也下放了，就在我临近的射阳县，我是只身一人在农村，再苦再累也能忍受，可五舅家老的老、小的小，全家在苦难中挣扎。多少次我想飞奔去他们家，抱住五舅及五舅妈痛哭一场，但我最终也没有去，因为那时我比他们多一顶"右派"帽子，我怕连累他们……直到80年代，高家莺去北京有光舅舅家求教，偶然谈起了我，又意外地在吃饭的同桌，认出了五舅舅，我们师生才恢复了联系，而且还是五舅舅主动。每年春节，他总是抢先给我们几个在沪的学生寄贺卡，我真是惭愧极了。这么好的校长！这么好的长辈！这么好的榜样！这都是五舅舅的父亲张爷爷的功劳。他老人家精心培育的儿女，个个都是奇才。他创办的乐益女中又培养了无数人才。

我在乐益的时间虽然不长，可是，所受到的文学艺术方面的教育却对我终身产生了深刻的影响，我在戏剧教学的岗位上一直工作到今天。

我永远忘不了住过的小木楼女生宿舍、打过球的小操场、吃过饭的小食堂，以及我第一次登台演讲及演出的小礼堂里的小小的讲台，更忘不了教育过我的好师长、帮助过我的好学姐。我一定要回苏州去母校看一看，并大声地呼喊"母校，我爱你！""请接受我这个到老还幼稚、还不安分的学生的由衷道歉！"

马力

1998年4月30日

温柔的防浪石堤

蓝蓝的天、甜甜的水、飘飘的人、软软的石头。

那是秋天，不是春天；那是黄昏，不是清晨；倒是个1928年的星期天。

有两个人，不！有两颗心从吴淞中国公学大铁门走出来。一个不算高大的男的和一个纤小的女的。他们没有手挽手，而是距离约有一尺，并排走在江边海口。他和她互相矜持地微笑着。他和她彼此没有说话，走过小路，穿过小红桥，经过农舍前的草堆。脚步声有节奏地弹奏着和谐的乐曲。

吴淞江边的草地，早已没有露水。太阳还没有到海里躲藏。海鸥有情有义地在水面上飞翔。海浪不时轻柔地拍击着由江口伸入海中的防浪石堤。这石堤被年深日久的江水和海浪冲击得成了一条长长的乱石堆，但是还勉强地伸入海中。没有一块平坦石头可以安安稳稳地坐人。

周围是那么宁静，天空是那么蔚蓝，只有突突的心跳、淡淡的脸红在支配宇宙。

走啊走，走上了石堤。她勇往向前。他跟在后面。谁也不敢挽谁的手。长长的石堤只剩下三分之一了，才找到一块比较平坦而稍稍倾斜的石头。他放下一块洁白的大手帕，风

张允和和周有光，爱情这样的美丽

吹得手帕飘舞起来，两个人用手按住手帕的四角，两个人坐了下来。因为石头倾斜，不得已挨着坐稳当些。她坐在他的左边。

这里是天涯海角，只有两个人。是有风，风吹动长发和短发纠缠在一起。是有云，云飘忽在青天上偷偷地窥视着他们。两个人不说一句话。他从口袋里取出一本英文小书，多么美丽的蓝皮小书，是《罗密欧和朱丽叶》。小书签夹在第某幕、第某页中，写两个恋人相见的一刹那。什么"我愿在这一吻中洗尽了罪恶！"（大意）这个不怀好意的人，他不好意思地把小书放进了口袋，他轻轻用右手抓着她的左手。她不理会他，可是她的手直出汗。在这深秋的海边，坐在清凉的大石头上，怎么会出汗？他笑了，从口袋里又取出一块白的小手帕，塞在两个手的中间。她想，手帕真多！

半晌，静悄悄地，其实并不静悄悄，两个人的心跳，只有两个人听得见。他两人听不见海涛拍打石堤有节奏的声音，也听不见吴淞江水东去的滔滔声音。他放开她的左手，用小手帕擦着她的有汗的手。然后他擦擦自己的鼻子，把小手帕放回口袋里。换一个手吧，他小心握她的左手，希望她和他面对面，可是她却把脸更扭向左边，硬是别过头去不理他。他只好和她说悄悄话，可是没有声音，只觉得似春风触动她的头发，触动到她的耳朵和她灼热的左边面颊。可是再也达不到他希望的部位。

她虽然没有允许为他"洗净了罪恶"，可是当她的第一只手被他抓住的时候，她就把心交给了他。从此以后，将是欢欢乐乐在一起，风风雨雨更要在一起，不管人生道路是崎岖的还是平坦的，他和她总是在一起；就是人不在一起，心也是在一起。她的一生的命运，紧紧地握在他的手里。

以后，不是一个人寂寞地走路，而是两个人共同去探索行程。不管是欢乐，还是悲愁，两人一同负担；不管是骇浪险波，不管是风吹雨打，都要一同接受人间的苦难。更愿享受人间的和谐的幸福生活！

这一刻，是人生的开始，是人类的开始，是世界的开始，是人生最有意义的一刻。

这一刻，是两个人携手跨入了人生旅途。不管风风雨雨、波波浪浪，不管路远滩险、关山万重，也难不了两个人的意志。仰望着蓝天、蔚蓝的天空，有多少人生事业的问题要探索；面对着大海、无边的大海，有多少路程要走啊！

这一刻，天和海都似乎看不见了，只有石头既轻软而又温柔。不是没有风，但是没有风；不是没有云，但是没有云，风云不在这两颗心上。

一切都化为乌有，只有两颗心在颤动着。

张允和写于1988年79岁

《石堤》后记

奶奶的诗文我读过好多篇，最喜欢的就是《温柔的防浪石堤》。不谈文笔，不谈技巧，最爱的是它洋溢的感情。

满怀的温情倾泻于笔端，奶奶写出了从六十五年前，延续至今的温柔情爱。六十五年的岁月虽然漫长，但是对于爷爷奶奶常新的感情而言，仍是光阴似箭。这情感不仅温柔了当年的防浪石堤，更感动了一个年轻人的心。

当我拜读这篇至情至性的文章的时候，当年吴淞口的浪漫一幕，清晰似画，如在跟前。比起所有曾让我感叹的那些向壁虚造的爱情故事，这是结实的真实。我常常惊诧于他们的恬淡、温雅和乐观，浸润在他们的阳光里，我对生活生出了更多的信心和希望。结识二老只有数月，但我对他们的感情不单纯是敬爱，还有迷恋。

初次看到这篇文章，奶奶悄声告诉我：爷爷不让发表。我跑去问为什么？爷爷白皙的脸上微微泛了红，羞涩地说："多不好意思。"说着说着头低了下去。我不甘心，过了几天再去问，爷爷终于同意在《水》的第四期上刊出，奶奶并让我写个后记，以表明我这个小孙女的"逼迫"行径。我很高兴借此机会与大家相识，忠心希望能成为你们的朋友。让这印在纸上的生命之痕，感情之迹，不仅留在二老心中，也留在我们每个人的心里。

曾蒻

1997年1月23日

曾蔷何许人也

第四期《水》上忽然出现一位"逼供"的"小孙女"曾蔷，逼出了我的《温柔的防浪石堤》。至亲好友纷纷来信、来电话问："曾蔷何许人也？"有的人感谢她的"逼供"，有的人愿意交上这位小朋友。这里我介绍这位"小孙女"的来龙去脉。

曾蔷是九天仙女下凡尘，一位美丽端庄的女青年，比我的孙女小十岁，所以是"小孙女"（我不敢亮她的年龄，以免泄漏天机）。

去年秋天，她陪三联书店的苑兴华先生来我家，谈有光续编《语文闲谈》的事。曾蔷是这部书的责任编辑，同时她是来取我们的《水》的。一见面，她给我一张名片。我看到她的名字"曾蔷"就乐了。我说："你是真蔷，不是假蔷。"她坐下喝茶的时候，抬头看见有光背后墙上有一张大照片，是有光和我在大院前门不像花园的花园的花前，同看一本书。她笑了："这张照片很像《红楼梦》中贾宝玉和林黛玉一同看《西厢记》，不过年龄不同而已。"所以我们相识，是曹雪芹介绍的。

这以后，常来常往，除了谈书本的审校问题，也谈我们的《水》和其他事情。有一次，谈了四个钟头。谈到有趣的事，两老一小，同声大笑，这叫作"天伦之乐"。

我们认识不到半年，就过新年了。曾蕾寄来了贺年卡。"爷爷、奶奶：认识你们是我1996年最快乐的事情。从你们那儿学到的东西是我1996年最大的收获，是我一生的宝贵的财富。祝爷爷奶奶快乐健康，写出更多更美丽的文章。小孙女曾蕾，1996年末。"在有光的生日，小蕾又寄来了生日卡："祝爷爷十二岁生日快乐！小孙女曾蕾1997-01-13。"十二岁爷爷的小孙女，又是几岁呢？谁大谁小，我们不管，我们是忘年交。（注：有光以八十一岁为一岁，九十二岁为十二岁。）

同时小蕾又送来九十二朵红玫瑰和康乃馨。这下我可忙了。我家花瓶不多，莫奈何我把酒罐、醋瓶插上还不够，又临时剪了可乐瓶子权作花瓶，才算妥善地把花插完。小蕾害我十多天服侍花儿朵儿的，多么淘气的小孙女。在这两个耄耋老人的家中，平添了多少青春的气息。这个冬天，不是冬天，是个快乐的春天。

你要问，"曾蕾何许人也？"我也说不清。

允和

1997年3月18日

飞来客——小鸽

　　为编复刊第三期《水》，我同文思一同住允和家已五天。这次有文思帮忙，分工细致（**文思除阅稿外，还兼外勤**），井井有条，我因此能仔细按规范要求校对，并把前两期错误处一一改正。休息时，我们还轻松愉快地谈谈各自过去和现在的趣事。我谈起家里唯一叫我不放心的，是那只鸽子。因为孙女有任务，已于10月16日去日本。鸽子是外来户，偶尔飞到我的晾台上，非常好看。腹部上身是白的，头尾全黑，翅膀和后背有几点黑点，对照鲜明。我抓一把小米喂它，它很快就啄完了。我又抓一把大米，它又吃了。它不怕我，吃完后跳到阑干上整理翅膀，或是躲在一角酣睡，天天如此。有时米还未啄完，就飞走了。我仔细观察，原来天上正有一群鸽子在飞翔，全是同我家食客一色。鸽子向来群居，很有集体观念，到一定时候就要集体行动，劳逸结合。我追踪侦察，它们飞了一阵子，落在离我家不远处一家四合院的屋脊上，然后一一落在院子中——这才是它的主人。

　　从这只鸽子我又谈起另一只。大概在两年前，一天，一只灰鸽跌落在我的晾台上，动弹不得。我抱起一看，这是个信鸽，给哪家顽童用弹弓打伤了腿。我给它上了点白药包扎起来。我找一个纸箱，垫点草，把它放进去，喂水喂米，让它安心养伤。不记得养了多久，它能走动了，再过一阵，能够飞到阑干上四望了。有一天，我正在房里抹灰，忽见它跳到窗台上向我张望。我开开门说"饿了吧？"它又飞到阑干上，回头对我望了一会，然后振翅飞去。原来它是隔壁楼上人家的信鸽（腿上有号码），特来向我告别的。此后再未见它回来。我不怪它。可能它来看过我，我不在屋，能怪它吗？

兆和

1996年10月

蔷薇在古代西方

所有的蔷薇（Rose）都是约在三千五百万年前同一来源的后裔。现知蔷薇属有一百七十八个品种。

蔷薇最早栽培于西亚和东北非。四千多年前它从波斯传到巴勒斯坦，经小亚细亚、希腊、意大利，由罗马人和其后的十字军医生传遍了欧洲。

公元前2000—前1600年，爱琴文化中心克里特岛的一幅壁画上绘有黄蔷薇。公元前1200年希腊诗人荷马盛赞了蔷薇。亚述皇后的花园中栽培有蔷薇。公元前600年左右女诗人萨福颂扬蔷薇为花中女王。希腊有花瓣六十枚，甚至有多达一百枚的蔷薇。

除了壁画和织物上经常出现蔷薇图案外，公元前325年最早的一枚罗特岛硬币上也镂雕有蔷薇印记。古埃及最后一位女王，史称艳后的克利奥佩拉嗜花成癖，在仪式中广泛使用蔷薇。设宴时用蔷薇铺成一条约半米厚的花瓣地毯，上面罩了一层网以便人行走。

古罗马人酷爱蔷薇，用它制成蔷薇酱、糖果、酒，并作为药品预防和治疗各种疾病。

罗马帝国时期蔷薇起初用于神坛仪式，以后贵族用于宴会。花都是从埃及输入的，非常昂贵。不仅喷泉用蔷薇水，地板上铺满齐膝深的蔷薇花瓣，还向赴宴的宾客撒花瓣。尼禄大帝为一次狂欢花了四百万塞斯得（合十万美元）的蔷薇。雨似的花瓣竟把好几个贵族闷死在花堆里。

欧洲早期基督教严重的禁欲主义，对罗马人过分珍爱蔷薇、寻欢作乐极其反感，一贯采取排斥态度，爱好蔷薇和百合被认为犯罪。罗马灭亡后，教会仍不鼓励用蔷薇作为宗教的象征。但这种反感一经过去，蔷薇就成为基督教的象征。

在土耳其和波斯人中有一种传说：蔷薇是穆罕默德的汗滴所生。这也大大促进了蔷薇的普及。在西亚，它成为忠诚和坚贞爱情的象征。

宗教上，蔷薇水还成为一种重要的净化剂。1187年萨拉丁征服耶路撒冷后，用了五百头骆驼载的蔷薇水去净化和圣化奥玛的清真寺，因为那里曾被十字军所玷污。

5—6世纪时，波斯产的蔷薇水与葡萄酒、果汁和蜂蜜同样有名。当时世界上最好的蔷薇水远运到西班牙和中国。历史记载我国唐代曾从大食（阿拉伯帝国）得到蔷薇水。

蔷薇油（attar）是阿拉伯医生于1011年发明的。今天保加利亚是它的制造中心。一磅蔷薇油需用两万磅花制成，售价约为五百美元。

英王爱德华一世是首先用蔷薇作为他徽章的君主。特别是灾难的三十年内战——红白蔷薇战争（1455—1485），约克和兰加斯特家族分别以白色和红色蔷薇为族徽。实际上现在被称为"约克"和"兰加斯特"的品种，并没有对那次战争起什么作用。因为17世纪之前，英国人还不知道由大马士革蔷薇芽变而来的这两个品种。当时还没有这两个品种。

文艺复兴促进了蔷薇新品种的产生。航海家和植物探索家从新发现的地区把许多蔷薇引种到欧洲，大大加速了蔷薇的品种改良。到18世纪为止，欧洲蔷薇只是古代的改良种，没有四季开花和大型的重瓣类型。直到我国的蔷薇园艺品种引入后，通过杂交才出现了许多新系统，有了划时代的跃进。1884年杂种芳香月季问世，很快成为现代蔷薇的重心。

张宇和

（寰和删摘）

月色

听见外边有人说："今晚月亮真好！"我正好做完一段日记，于是不由得放下了笔，走了出去。果然，满地的好月色。抬起头来，月亮并不满，今天大约初七、初八的样子吧！既不是一钩新月，也不是团圆明月，却是个并不好看的半圆月；但是也不像下弦月那样怕人、那样惨。

我走过了小木桥，月亮已经被云遮住了，但还是有一点朦胧的光。看不清楚山里的景色，只觉得比大月亮下的情形要美一些。原来小河边的垃圾、河里的菜叶子、墙上的大裂痕、残破污黑的纸窗，全部看不清了；只觉得是一湾清水、一片黄墙和露出一点灯光的小窗。远山更美，似乎应该这样天生的、调和的美。树的姿态，因为叶子落了，每一株、每一枝都很清楚，很美。远远的有灯火，一明一暗，是人家房子里的灯光，还是人提着风灯？一点也辨不清。

一切显得十分平和悠闲，和白天忙碌紧张的情景大不相同，外面也有人走动，却不紧张。人们都在休息，或者准备休息。你听，本来很累很脏的厨房，现在也安静了，假如你不知道那是厨房。你看，它有多美的轮廓，纸窗上一片灯光，屋顶上一个烟囱，不是和画面上小洋房一样吗？慢着，里面发出歌声来了，声音那样清脆，不断重复地唱，但是不叫你讨厌。我为他驻足，听了半天。也不知道是哪一位满身油腻的厨子，忽然高兴了，唱出来的。我想他唱这两句小调的时候，一定满身轻快，闻不见一点油味儿。

我不很喜欢满月，也不喜欢万里无云的月夜，因为一切都一览无余了，似乎太乏味。一片浮云在月上飘过，如一层薄纱罩在一位姑娘的美丽脸上，朦胧得很有意思。如果是一块黑云，遮住了月亮，会叫人失望，同时也叫人希望月亮快些出来。厚厚的白云，月亮躲进去，像是钻进了被窝，蒙着脸，故意不叫人看见似的。

月光会引起人们种种感触，但是我没有感触。我哼着诗词，只觉得轻快、舒适，慢慢地走来走去，脑子里特别空闲，什么也不想。我像是和景色融化在一起，我也美了起来。我也成了月光下的一种景致；因为我见到远远地走来一个人，很美、走路的姿势和身段都很好，她是月下动态的美，所以我想我也是一样的美。

月下的景色不是一幅画，画不出。我想，她不是任何色彩所能表现的。即使色彩能表现月色，也表现不出月下种种动的美和声音的美。月色好像一件对什么东西都合适的衣裳，无论怎样丑恶，怎样污浊，只要穿上这一件月光衣，就变美了。

起风了，我正背诵着："似此星辰非昨夜，为谁风露立中宵？"我想，我为谁呢？不如回去吧！

宗和遗稿

1944年11月25日夜立煌古碑冲

《书的故事》译者序言

人类是奇迹的创造者。可是在他们所创造的许多奇迹之中，什么东西是最珍奇的呢？

是飞机，潜艇，火车？是无线电话，有声电影，传真术？是各种骇人听闻的军器？

不，全不是的。最珍奇的奇迹是一件我们认为最平常的东西——书。

这里说的书，可以是一串贝壳，一块石头，一方泥砖，一张皮革，一片草席，一卷丝绸，或一册以纸订成的我们所谓的书。任凭它的形式有九九八十一变，它的作用都是相同的——记录人类的生活。

人类为什么能成为奇迹的创造者？因为人类能把各时代的生活经验堆积起来作为创造奇迹的基础。猴子的子孙不能利用它们祖先的经验，所以现在的猴子不会比从前的猴子聪明很多。人类却能依赖记录把一代一代的智慧像金字塔般层层叠起，所以后辈能胜前辈，文化能不断地前进。

这些智慧的记录是藏在哪里的呢？——书里！因此，我们认为最平常的东西——书，事实上却是最珍奇的奇迹。

在现在所谓文明社会里，一个孩子到了三岁就要开始看图画书了。从此以后，在十几年的学校生活中，几乎把整个身体埋在书里，出了学校，固然和书或许疏远一些，但在比较进步的社会里，人们是没有一天可以离开书的。然而我们虽天天对着那线装或洋装的纸做的书，却不知道书在过去曾经过了几千年的演变，才变成今日的样儿，这无异只知道在花间飞舞的是蝴蝶，而不知道会爬的小青虫和伏着不动的蛹是它的前身。这本《书的故事》告诉我们说：书的观念不是那么狭窄，书的价值也不是那么简单。书的生活中，有喜剧，有悲剧，有冒险的事迹，有悲惨的遭遇，更有美丽的轶事。它有时穿着雄伟的金装，受人们礼拜；有时被弃在尘垢之中，视同废物；有时默然在黑暗的地窟中度那悠久的岁月；有时忽然走出光明，叙述给我们古昔的可珍可贵的史实。

书给人们以智慧，可是愚蠢的人们，有时竟对它拒绝。这样便造成了书和人的战争。有时，书失败了，于是它被灾受刑，读书的人也被杀死或被惩罚。可是隔了几时又重新战胜了它的敌人，从躲藏着的破瓦碎砾中走了出来，再作殿堂上的宝物。人类的可歌可泣的故事，记录在书里。书自己也有它可歌可泣的故事，记录在这本《书的故事》里。书是智慧的保姆，正义的战士。让我们读书，让我们先读《书的故事》。

本书作者依林，是一位有名的少年读物作家。他的作品在欧洲各国都受到少年读者的热烈欢迎。在中国也已有了很好的印象。我希望这本书能不因我的译笔拙劣而减少读者的兴趣。本书翻译时，承周耀平先生给我许多指教，在此附致谢意。

张允和

民国二十三年12月

《从文家书》后记

六十多年过去了，面对书桌上这几组文字，校阅后，我不知道是在梦中还是在翻阅别人的故事。经历荒诞离奇，但又极为平常，是我们这一代知识分子多多少少必须经历的生活。有微笑，有痛楚；有恬适，有愤慨；有欢乐，也有撕心裂肺的难言之苦。

从文同我相处，这一生，究竟是幸福还是不幸？得不到回答。我不理解他，不完全理解他。后来逐渐有了些理解，但是，真正懂得他的为人，懂得他一生承受的重压，是在整理编选他遗稿的现在。过去不知道的，现在知道了；过去不明白的，现在明白了。他不是完人，却是个稀有的善良的人。对人无心机，爱祖国，爱人民，助人为乐，为而不有，质实素朴，对万汇百物充满感情。

照我想，作为作家，只要有一本传世之作，就不枉此生了。他的佳作不止一本。越是从烟纸堆里翻到他越多的遗作，哪怕是零散的，有头无尾，有尾无头的，就越觉斯人可贵。太晚了！为什么在他有生之年，不能发掘他，理解他，从各方面去帮助他，反而有那么多的矛盾得不到解决！悔之晚矣。

谨以此书奉献给热爱他的读者，并表明我的一点心迹。

张兆和

1999年8月23日

1972年沈从文夫妇在湖北咸宁文化部"五七"干校

真假《清江引》

《水》第十四期刊载了浩泖寄自哈尔滨的，胡适写给充和、汉思的《贯酸斋的清江引》复印件后，陆续得知天津南开大学某教授、南京江苏文艺出版社张昌华、杭州《胡适情诗手迹新发现》作者陈学文分别买到《清江引》"手迹"各一幅。至此，共有四种手迹出现，究竟哪件是真迹？张昌华对此做了一番调查研究，请看他的两段短文（摘录）。

……去岁末，我在金陵古玩市场淘得一幅胡适的"手迹"（《清江引》），题款是："写给充和、汉思"。我学识浅薄，生性又浮躁，见到胡适的那幅字惊喜若狂，先自作聪明，以"捡漏"获宝喜甚，后疑窦百生而戚然。旋请教苏州张寰和先生，先生随手寄来《水》上所刊《清江引》的复印件，说目前也不知真伪，已去函充和四姐询问。我明白，两件一比，我手中的是假货。本已作罢。今年5月，见台湾《传记文学》载文，并刊有在杭州发现的胡适此诗手迹，作者言之凿凿，说业请数位专家学者考辨鉴定，断言是胡适的"真迹"。我看与我手持无二致，连文字都不全。我再次求教寰和先生，寰和先生说最近天津又发现了一件，四姐仍无回信。信中示其四姐充和先生的美国地址，说我如有兴趣的话，可以去信。得了令箭，我遂冒昧函询。充和先生于忙中拨冗，书两页蝇头长函为我指点迷津。她语重心长地批评我不该盲目，不管字的优劣，见到是名人的就买，这不好。在细述胡适赠她手迹始末时又说："胡适虽非书家，但自有他潇洒的风格"，又逐一剖析伪作"笔笔迟滞，笔无轻重，处处怕错的'马脚'"。在我呈奉的手迹复印件上用红笔连批"伪！伪！伪！"三个大字。令我做梦也想不到的是，大信封中还附有一幅她赠我的姜夔词《一萼红》，信末不忘幽我一默"现在送你一张比两指头宽一些"的。盖我在致她的信开首，自报家门时说我是《多情人不老》的责编，尚保存她为该书题写的"两指宽"的题签而慈怀大发吧。充和先生迅速回复，连寰和先生得知后都"眼红"，说我真幸运，得到她的回信比他们还快得多。同仁们羡慕我因祸得福。

我据张寰和先生提供的地址，写信向大洋彼岸的张充和先生求教。她老十分关注此事，热情作复。她说她手中已有三份伪作，分别在天津、杭州和南京发现的。同时指出发表在第十四期《水》（张氏家庭自办的电脑打印杂志）上那件是真迹。她告诉我1983年她返大陆探亲，在上海遇到老记者黄裳。黄说他"有一幅胡适的字，在变乱中自己毁了"。言下不胜叹息。充和先生回美后就把那幅《清江引》（即《水》上转发的那幅，据说原件发表在《解放日报》上）送给了黄裳。所以，胡适图章下有"黄裳留玩，充和转赠。一九八七年"字样并钤有一椭圆形"张四"阳文章。后来市面出现的伪作，都是据此描摹的（省去了一些易露马脚的字、章）。当我向充和老人询及此件原迹的来龙去脉时，充和先生说："1956年12月9日，胡适来我家中写字，还'字'债。共写三十余幅，内容只有两种，一是他的旧作白话诗，一种即是《清江引》，因为他要写得快，所以重份很多，我们就得两份《清江引》。图章他随身带的只是一个。那天写了三十余幅都在'晚学斋用笺'上，除了一份在'曲人鸿爪'上。"充和先生还寄来了写在'曲人鸿爪'上的那份重件的副本，并着重注明胡适的图章是他老友韦素园所刻，他一直带在身边。

至此，《清江引》的真面目已大白天下。

张寰和

出游简报

我今年（2000）9月18日离家，12月3日回家，又是两个半月。

济南

我到济南次日就同玉和妹去瑾姑家，分别五十多年有说不完的话，相见实在不易。文南表弟陪我游大明湖等地，因地下水位下降，趵突泉已突不出水来了。玉和妹有心脏病，还每天驼着背给我做好吃的，非要我多吃，直至我消化不良。

杭州

好友马宝义曾多次邀我去杭州，今年才成行，窦守元夫妇同去，似又回到青年时代，整天笑声不断。这是我第一次去杭州，玩了六和塔、岳王庙、灵隐寺等地。老胡是摄影高手，给我们拍了些好照片。宝宝还请我们吃大闸蟹。晚上开了文艺晚会，会后跳舞。

丽水

以洁家在丽水，五十多年前的小哈巴子现在已是老爷爷了，身边常带一个宠孙。丽水是一个山清水秀的小城市，每天我玩一个景点，丽萍每天专给我做碗莲子枣人参。

上海

两个女儿回来陪我玩，她们最喜欢的还是上海的菜。普和妹儿子在上海读书，有时也同我们一起玩。听了一次越剧，两个女儿听得如醉如痴。

女儿走后我先去瑜姑家，她虽行动不便，但精神很好，她骄傲地告诉保姆："她是我哥哥的女儿，从东北来看我。"要我陪她在专用小桌上吃饭。璿龄叔在圩子时就喜欢我，我妈让我认他作干爹。他遭不幸去世后，我一直想看看他留下的弟妹们。下午我去了张斌家，斌妹叫来陆明弟，我们谈往叙今，她还将珍藏着的有璿龄叔的全家相片送给我，我也了结了一个心愿。

珑龄姑和姑夫身体都不好，但仍给我准备了丰盛的午餐，她还记得我爱吃草头。下午先去寅和嫂家，她已七十八岁，身体蛮好，给我她珍藏着的二哥青年时漂亮的相片。我又赶去刘棣华表妹家，不幸她已于今年7月去世，她丈夫朱德明接待了我，并告我刘家的基本情况。晚上雷和、赵丽来接我去翟家。雷和一肚子张家旧事，我请他写下来寄给我。

10月17日赵丽要车接我去看望童五表叔，赵丽说到现在也还看出五表爷年轻时很英俊，八十六岁人，看上去像近七十岁。在与赵丽夫妇欢宴后离开上海。

苏州

在怡和家，生活受到董文忠周到的服务。虽有说不完的话，也不能久留。次日，拜望龄婶，她刚做完手术出院，精神很好，脸上皱纹少，不像七十五岁人。寰和兄嫂去北京了没得相见。仅去看了一下我和宁和兄读过书的草桥小学和变化了的观前街。

南宁

金龄叔家在南宁，虽初次见面，但叔侄亲情深重，申弟妹告我，我来前他激动了一周。我们有谈不完的家事，他记性极好，很多往事记忆如新，讲起来津津有味，生动有趣，我请他写下来收集到家谱里，以飨后生。金婶亲自下厨，每天换样做给我吃，还没有吃够。

桂林

顺路去玩桂林，申弟多次电话请他在桂林的同学照顾我。桂林以桂树多而得名，我到时正值桂花香时。在桂林玩了三天，游了漓江、芦笛岩、冠岩等处。桂林是山清、水秀、洞奇、石美，虽没能把最好的景点玩遍，但已使我陶醉。

厦门

曦妹和仪弟夫妇在厦门等我，桂林到厦门只能坐飞机。厦门给我第一印象是人很少，就像到了美国，以后我才知道我们住的前埔原是对金门的炮兵阵地，近年才建公寓，居民还不多。在厦门我们游了鼓浪屿、南普陀寺、胡里山炮台、陈嘉庚故居和他所创办的集美学校等处。我最喜欢在海边看大海，让你心旷神怡。

外出就是三件事：探亲访友、谈往叙今、游山玩水，整天都与笑声相伴，真好。所到之处受到主人极其热情的欢迎接待，吃、住、游都安排得极好。我二女儿说："妈妈你慢慢写写家谱，这样好到处骗吃骗喝。"到哪家我都舍不得走，因太麻烦人了，又不得不走。

张旭和

"胡适情诗手迹"辨误

读贵刊（《传纪文学》台湾——编者注）五月号载《胡适情诗手迹新发现》一文。经多位专家研究断定为胡适二三十年代作品手迹。又据多位专家评释，充和、汉思"应是胡、曹之间传信人"。如读者不察，将成事实。故不得不澄清一下。

一、我们于1948年11月19日结婚，1949年1月离中国来美。所谓"三十年代一对年轻夫妇"推测为充和、汉思，人物同年代都不符合。

二、所谓"胡适情诗"是元朝贯云石号酸斋作的曲子，调名《清江引》，他是有名的散曲家。

三、所谓"胡适手迹"是伪造的，纸张笔触及图章都不难证明。

要知道作伪的根据，必得从头说起：

1956年9月胡适到柏克莱加州大学来，做一学期讲演。有很多人要他的书法，便于12月9日到我们家写字。用我旧藏"晚学斋"用笺写了三十多幅。写的内容有两种，一是他早年的白话诗，写时必写"旧作"或"四十年前的旧作"。一是写"贯酸斋的清江引"，也是把这七个字写上。两种都写好几份同样的。我们就得了两份"贯酸斋的清江引"。一在"晚学斋"笺上，一在我藏的"曲人鸿爪"上。

关于图章，胡适说是他过世老友韦素园刻的，他一直带在身边，是白文仿汉印。这天他所写的字全是我盖的章，所以我很熟悉这方图章。

1987年，我在上海见到老记者黄裳，他说他曾藏有胡适手迹，在十年动乱中，自己销毁了。言下十分惋惜。我回美后，即送他有重份的"贯酸斋的清江引"，上款写"充和汉思"，写在"晚学斋用笺"上。我在"胡适"章下写"黄裳留玩，充和转赠，一九八七年"，印一方椭圆形小章"张四"。黄裳随即写信谢我。此后就不再通信。

去年（2000），在我们家庭小刊物《水》上转载"世纪翰墨"，就是我送黄裳的那一幅。不久天津南开大学中文系某教授托我侄女转来一纸伪造胡适手迹，高低款式与送黄裳的相同，把"贯酸斋的清江引"七字取消，留个大空白。写得十分潦草，有很多错误处，是隔纸影抄的。图章更是荒谬，"胡"字多出一划，"适"字少了几划，就不必说篆法了。

贵刊所载的一份与"世纪翰墨"相比，大有不同，与天津的一份，是一手伪作，不过十分当心，把空白挤紧些，把"写给"二字移在天样纸旁，改了一些错误，又加了新的错误，奉上附件几份，请细细比笔触、图章以及一切错误处，自然明白。

另附件七，此是"晚学斋"用笺，云头边，十二行，胡适用此笺写三十余张，包括"贯酸斋的清江引"。这首诗是写在婚前。"他"必是胡夫人，也不写"她"。

　按同一伪作，一在天津，一在杭州发现，也许他处还将出现。这是作伪者的惯技，见赵汝珍的《古玩指南》书画章便知。

傅汉思　张充和

祭坟

爬上一座山，

穿过一丛树，

看到一块石碑，

走近一墩土坟。

供上一束花，

点上一枝香，

唤一声小和，

擦干一袖眼泪。

啊，小禾，我的女儿。

你今年只才六岁，

我离家已经三年。

现在我回家了，

而你，却又去了。

六岁，三年！

六岁，三年。

坟外一片嫩绿的草，

坟中一颗天真的心。

摸一摸，这泥土还有微微一些温暖，

听一听，这里面像有轻轻一声呻吟！

周耀平

1941年

妹妹

妹妹呀，妹妹呀！

我们永别了，永别了你。

我是永远看不见你了！

到你临终的时候，却想到你的哥哥。

妹妹，你记得。

我们在唐家沱的时候，

一同上学，一同游玩。

可是现在没有了你，我是多么伤心！

我每晚到上床睡觉的时候，

总是想念着你。

妹妹，我们永别了，永别了你。

我再也看不见你了。

周小平（时年七岁）

1941年

小平和小禾

傻瓜电脑的趣事

1988年春天，日本夏普公司送我一台电脑，名叫"夏普中西文电子打字机"。我于是开始每天用电脑写作。用了七年之后，这台电脑有些老化了。我的儿子给我买一台新的电脑，名叫"光明夏普文字处理机"，这是"夏普"加上了繁体字。

爱称：傻瓜电脑

我们给这种电脑起个爱称，叫做"傻瓜电脑"，因为它有如下的"傻相"：

（一）只要输入拼音，自动变成汉字，完全不用学习任何编码。

（二）功能键的用法写明在键盘上，一目了然，不用记忆。

（三）它是便携式电脑，不占桌子，机内有打印器，写好文章立刻可以打印出来。

这样简便，不是给我们这些傻瓜用的"傻瓜电脑"吗？

只要注意一点：以语词、词组、成语、语段、常见人名地名等等作为单位，尽量避免单个汉字输入。它有"高频先

1992年周有光用夏普送他的电脑教张允和学电脑

见"功能，同音选择极少。它有"用过提前"功能，选择一次，下次自动显示出来。

八十六岁的老太学电脑

我今年（1995）九十岁。我的老伴张允和八十六岁。她热爱昆曲和古典文学，对拼音和电脑原来不感兴趣。以前只有一台电脑，我每天打个不停，她也无法插手。1995年春天，她利用多余的一台电脑，把她二十年来的昆曲笔记加以整理。

她是合肥人，说普通话带点合肥口音。人家说她的普通话是"半精半肥"，一半北京（精）、一半合肥（肥）。她一向觉得只要别人能听懂，说普通话何必太认真？可是，电脑非常认真，听不懂她的"半精半肥"，拼音差一点就无法变成正确的汉字。为了拼音正确，她常常要查字典。她说，活到八十六岁才明白认真学好普通话是有用处的。

八十六岁的老太学电脑！在亲戚朋友中传为笑谈！

按钮娃娃

一天，我们的重外孙，名叫小安迪，来到我家。他两岁零三个月。给他各种玩具，他都不稀罕，最喜欢到电脑上去乱打字。我们说：你呀，"清风不识字，何故乱打字"！（古人有"清风不识字，何故乱翻书"的名句）他说：我要打一封信给妈妈。

我的老伴说："好，我来代你写信。"于是，八十六岁的外曾祖母，代替两岁三个月的重外孙，用电脑写了一封信，加上一个题目，"安安的一天"。同事方世增先生看了觉得有趣，说："我把这封信用'自动注音软件'给注上拼音，一行汉字，一行拼音，更加有意思。""自动注音软件"真灵，只要两分钟，一封信稿注上了拼音，分词连写！

安迪的阿公说：小安迪不到两岁就喜欢摁键、摁钮，是一个信息化时代的button baby（按钮娃娃）。button baby？新鲜名词！时代真的变了，孩子从小就跟电脑结缘了。

十二岁的女孩看了一天就能打字

暑假来了。苏州的亲戚带了他的十二岁孙女儿，名叫蒋小倩，来北京度假。这个刚刚小学毕业的女孩，看到姑奶奶打电脑觉得希奇。"这是什么？""这是打字机。""怎么跟我家的打字机不一样？""你家的是机械打字机，这是电子打字机。""噢！"小倩一眼不眨地看姑奶奶打字。

看了一天，第二天小倩对姑奶奶说："让我来打，我要打一封信给我的奶奶。"姑奶奶说："好，我看着你打。"小倩坐下就打。她打的第一句话是："亲爱的奶奶：你知道我是用什么东西写这封信的吗？铅笔、钢笔、圆珠笔……你猜不到吧！我是用电脑写的。"

客人来了，姑奶奶去陪客人，由小倩一个人自己摸索。说也奇怪，客人走后，姑奶奶回来一看，她已经打好半封信了。姑奶奶说，你自己打下去，打完我再来给你改。午饭后她又聚精会神地打下去，一封信打好了。姑奶奶给她作了一些小小的修改，竟然成了她的第一封电脑书信。

姑奶奶对她说："你再在电脑上写一篇笔记，我给你出个题目，'我用电脑打的第一封信'，把你怎样用一天时间就学会使用电脑的经验写出来。"小倩高兴极了。她写好了这篇笔记，说："我带回去请我奶奶改。"

小倩离开我家回苏州的时候，姑奶奶问她："这几天你来北京，什么最好玩？"她脱口而出："电脑！"这个回答出人意外！姑奶奶问的是什么名胜古迹最好玩，她又回"电脑！"

十三岁的女孩要提出中文打字倡议书

住在北京的小玲玲，我们的干外孙女，放假无事，来我家玩，跟小倩一见如故，成了好朋友。她看见小倩在打字，一声不响地看着。小倩走后，小玲玲说，我也要打字。小玲玲比小倩大一岁，已经进了初一。

　　小玲玲一个人打字，干外婆忙着自己的事，没有去帮助她。遇到一个"额"字，打不出来。这怎么办？小玲玲只好走出房间来问干外公。干外公说："a，o，e开头的音节，要先打一个'o'，再打韵母。"小玲玲立刻打出了"额"字。

　　小玲玲把她的文章打好了。干外婆看了大笑！干外公不知道她们笑的是什么，走去一看，原来这篇文章的题目是"新潮老头——我的干外公"！干外公说："小玲玲胆子真大，敢于太岁头上动土！"小玲玲说："我还要跟同学们一起，写一个倡议书，提倡中小学生用电脑打字，输入拼音，自动变成汉字。"她的倡议书还没有拿来，不知道讲些什么。

　　八十六岁的老太能使用这电脑；十二岁、十三岁的孩子，看了一天也能使用这电脑。"傻瓜电脑"不傻。

周有光

1995年8月22日

我的师父张大姨

　　我的昆曲师父是顾张元和女士，因此，我荣幸地有机会能读到《水》。看了《水》的复刊，觉得它真是一份了不起的家庭刊物！而其所以了不起，当然是因为张府的各位都很了不起！后来陆续读到《水》，每每让自己觉得有太多的地方需要再学习、探讨、纠正和反省，同时每每也会有一种崇敬和羡慕的感情油然而生。所以我也冒昧地想在《水》里说几句话。

　　我极少宣扬大姨是我的昆曲师父，对我来说，这无疑是件非常光彩的事；而对大姨来说，有我这么一个太不勤奋的徒弟，实在很不光彩。再说我这点"昆曲底子"吧，也着实"厚"得很呢！昆曲本是我们徐家祖传的课业，据说我祖父在世的时候，全家不分上下男女老少，人人必学。而我只记得十几岁的时候，家里请了位苏州老笛师，教我们这些孩子们唱曲，上课只是混时间，敷衍了事。对老师一口苏白和闭了眼睛（现在才明白那是在背曲谱啊）猛吹的样子，觉得十分滑稽。至于工尺和曲词却从来没有用心学过，我的父亲（百曲楼主）会吹会唱，我的母亲有一支甜润嘹亮的嗓子，家里吹吹唱唱是经常的，而我们孩子们唯一重大的任务是家里开曲会时，合唱开锣戏《天官赐福》。时光荏苒，四十五年过去了，那点"昆曲

元和初到美国西部

底子"早被抛到九霄云外去了。80年代我来到了美国，我姑徐樱问我：昆曲会唱吧？作为徐家的一员，怎么好意思说不会呢，只好答道小声唱吧。我姑姑听了略感惊喜地说："噢！你是唱小生的……"1990年我从华府到了加州，姑姑家常唱曲，各方面的曲友也很多，就在这一段岁月里，我才开始领略到昆曲和笛子的许多绝妙之处。一天姑姑对我说："你还真有点运气，或许也是缘分，请张大姨做你的昆曲师父，岂不是件大好事。大姨家学渊源，不愧是资深的昆曲老前辈，这样的师父打着灯笼也没处找啊！"我听了这一席话真是喜出望外，随即择了黄道吉日，焚香拜师，行大礼。师徒互赠了纪念品，并有专门摄影师二人，拍照留念。

师父不只关心我的"曲艺"，为了鼓励我多听多练，为我创造了许多学习的有利条件。而我这个人一向懒散，不求进取，令师父无奈。其实师父从各方面都很关心我，特别是我刚到加州这个新环境的时候，开始了一段新的生活，无论是决断大事、待人接物、家庭琐事，无不请教师父，甚至有关身心保健、延年益寿的许多经验，师父也与我分享，使我受益不浅。

今年大姨的九十寿辰即将来临，她老人家希望徒弟们为她唱曲祝寿，为了不辜负她老人家的期望，我无论如何也得献上"不是小声的精彩的"一曲。可以想象，满天下的桃李，届时一定都会结出更加丰硕的果实。

徐露西

我的窦舅舅

我家的舅舅比铁梅的表叔还多，当然姨也多。

大约七十年前，三个亲姨和妈妈，四姐妹组成的"水社"，比五个亲舅舅的"九如社"实力雄厚一些，因此能率先创办《水》。然而据史料记载，《水》的出版，也有赖于事事热心的窦祖麟舅舅。从刻版、油印，到分页、装订，都有他不倦的身影。能经常介入这两个社团的活动，提出新奇主意的人，大概惟有窦舅舅。譬如，当时水社成员开风气之先，参加女子自行车、女子游泳、女子篮球，以至于女子足球运动，即使在开明的外公家里，若没有窦舅舅的鼓动、教练、保驾，也难成为事实。

我上学前家住云南龙街。窦舅舅来了，他显得比其他舅舅苍老，眼角有些皱纹，那眼光和皱纹时时含着笑意。妈妈说，打毛衣缺个钩针，他就掏出小刀破竹子，不一会钩针削好了。我惊奇他能用小刀从竹竿上截下一段，他就顺手再截一段，给我削了个竹哨。

他再来龙街时，见孩子们没什么可玩的，就说教我和龙朱哥哥玩跳棋。让我们用泥巴捏了许多像宝塔糖样的棋子去晒干，一部分还裹上旧纸，要用墨染色。窦舅舅自己拿裁衣尺在报纸上比来比去，然后用毛笔靠着裁衣尺画起来。六角星形的网格，在我们注视下一笔一笔奇妙地画成了……他比量时盘算的神气，竭力驾驭毛笔画直线的专注表情，不知为什么牢牢地抓住了我。半个多世纪了，我跳棋还是下不好，但把握好工具，动脑、动手去处理物质或抽象的材料，把它变成预想的另一种事物，早已成为我生活的重心。做的或是耗资很大的工程，或比钩针更简单，都同样能引我倾心投入。那份盘算和筹划，竭力驾驭过程的专注，以及期待结果时感受着风险的分量，给我的满足往往超过成功带来的快慰。窦舅舅一定料不到，在影响我选择生活道路上，他和一个物理老师不经意间所起的作用，超过了我的父母。

1970年我从"天下已治蜀后治"的四川到沪出差，顿觉时间倒退了两年，所去的部门干部多未解放，批斗会不断，形势仍然"不是小好"。窦舅舅一家人包围着我，昏暗灯光下有说不完的话，直到后半夜。谈到"文革"、样板戏、音乐、钢琴——钢琴自然早就没了。谈到一位女钢琴家，我印象不错的，"她死啦……"窦舅舅望着我低声说……后来又看照片，是用计谋保存下来的一些，看到祖龙舅舅，曾在云南见过的。窦舅舅又望着我低声说："他死啦……"那一夜，这句低沉的话一再突然插进来，他望着我的眼神，至今仍清清楚楚留在记忆里。

从青年到中年，我有机会画过许多图。近年听说，其中一部分被收存起来，作为对年轻设计师进行质量教育的范本。想必是些图面漂亮而规范之作。谁也想不到，能有这些漂亮东西，本源于对一张简陋棋盘产生过程的神往。那些毛笔画的粗糙线条给我的启示，可能远大于"范本"对其他人的作用。我自己珍藏的，却有几张脏脏的设计草图。那是从上海回川后，仍在当铣工时画的。我在信中告诉窦舅舅：没有图板、丁字尺，蹲在机器之间，在一张小凳面上，能画出比例准确的总图，和师傅们一道，再亲手把它做出来，我乐意这么生活，巴不得经过长期修炼，好摘掉小知识分子帽子……他回信却劝我有计划地抓学习。因为我说到本厂有的钳工连个弹簧都做不好，他还寄来一本《手工制弹簧》小书。

我告诉窦舅舅：生产常常停滞，时间是有的。早想自学点日文，资料室借不到教材。他马上回信说，陈信德编的日语自修读本可用，他也只能借别人的看，准备一课一课抄给我。不久，第一课果真就抄来了。谢天谢地，我总算从厂里发掘出一本，才卸下窦舅舅自愿挑的这副担子。每当想到所学那点只堪应付评职称考试，而没有对事业起到更多作用时，我总是深感不安。

我和哥哥从小就知道窦舅舅是个共产党员，并无神秘感。他和王阿姨结婚时，新房似在昆明火车站附近，去车站的煤渣小路，右边一溜墙，墙根常有几个卖使君子的小贩，左边是被垃圾渐渐侵吞的脏水田、慈姑田，岔进一条更窄小路就到了新房。床脚附近，有个小火炉顶着一口大锅，正在炖鸡汤，散发出奇特气味，不知是烟煤气，还是鸡的处置不当。别的东西已无印象了。虽受主人挽留，我们没分享那汤，因为实在无处落脚，可能碗也不够……解放后，窦舅舅一家的生活好了些，还听说当了某种领导。他既是老革命，出生入死经历过许多磨难，又懂专业知识，当个官也很自然。可无论是他自己还是我们，谁也没把窦舅舅当作官看待，都没有以级别论贵贱的习惯。他的职位，只模糊听说在慢性萎缩，直到"文化大革命"，才痛痛快快一落到底。

落实政策时期，窦舅舅过重庆出差，盛夏，特意绕几百里路来自贡看看我们。很有兴致地参观了旧式盐井。我知道他常失眠，夜里他却始终很平静，说烦躁没有用，不如安安静静地闭目休息。我也试着学，还是忍不住打破了静寂：

"窦舅舅，有个问题我想了很久：过去地下工作的革命者，这二十几年，我举不出谁从来没挨过整。您见得多，能举出几个吗？"

"……"

"要不方便就算了，这不该问的。"我有点嗫嚅。

又归沉寂。过了很久，他忽然平静地说："我举不出。"

窦舅舅不姓张，对创办《水》的那代人和他们的后代，一律报以胜似亲人的友爱关怀。其实那热情从来不限于对张家有关的人，在他最后的住院日子里，不能讲话了，还时时想着帮助病友，恰似浓缩地再现出一生的本色：总是在周密细致地为别人设想，即使在逆境中，在自己最痛苦的时候。

沈虎雏

为纪念祖麟舅舅逝世十六周年而作

深深的怀念

　　爸爸（宗和）去世已经二十年，爸爸过早地去了。走得那么突然、那么匆忙。想起来我就伤心。幸而能常在梦中相见，醒后十分惆怅。

　　我妈咪去世太早，那时我还不到五岁，只有模糊的印象。只记得有一次妈咪把我关在黑屋子里，我怕极了，拼命打门、叫喊。还记得她弥留的时候，是睡在一张竹床上。当时旁边没有人，她吐了很多血，痰盂都装满了。我站在一旁吓呆了。她直摆手示意我出去（怕我受传染），样子很凶，我只好退到门口。一会儿就来了很多人，神情都很紧张，我弄不清楚是怎么回事。后来我看妈咪睡在大盒子里，鼻子上方还吊了一个铜钱。我穿了一身白，跪在大盒子脚下。很多人都在哭。爸爸把我抱起来，边哭边说："好好看看妈咪吧，以后再也看不见了。"看他哭得那么伤心，我也哇哇大哭起来。这两件事对我印象太深。

　　因为妈咪死得早，我从小就特别喜欢爸爸。记得住在贵州师范学院静晖村，每天都要到村口等爸爸下课回家。有一次爸爸出远门，好多天才回来。我远远看见他从马车上下来，便拼命跑过去，一把抱着他的大肚子，高兴极了！同学们互相打趣，给他编了个顺口溜："笑眯眯罗汉张宗和，白不隆冬一大坨。"我气极了，几乎要跟人打架。回家去告状，他却很高兴："不错，说我是笑眯眯罗汉，足见给人印象还不坏。"

有一次他躺在躺椅上说："你再不听话我就死了，不管你了！"说完真的一动不动，眼睛紧闭，我怎么摇怎么喊也不动一下。我以为他真的死了，大哭了好一阵。他才睁开眼，原来是骗我的。

我从小就爱听爸爸讲故事，妈妈也爱听。他也常讲笑话、他们姐弟及上辈的趣事。更喜欢吹笛唱昆曲，礼拜天常邀人来家唱。我跟他学过《小春香》《袅晴丝》等曲，可惜当时我不懂，体味不到昆曲的高雅、优美。因此，不上心学，半途而废，常惹他生气。现在想学也学不成了。"文革"后，昆曲重新出现，我听到看到就想起爸爸，要是能活到现在有多好，他一生的业余爱好就是昆曲。

记得我上小学时，有一天我到同学家玩，玩糊涂了，一夜未归，直到第二天中午放学才回家。爸爸气坏了，罚我跪下，用书桌上压纸的铜尺打我手心。事后才知道他找我直到深夜，真不知道急成什么样子。

我第一次离家到东北培训，爸爸送我，清楚记得车子开动了，他还孤零零地站在月台上擦眼泪。

那年我陪同我的四岁儿子小平住医院，小平是急性黄疸型肝炎，连医生都怕得要命，每次查房时马虎了事，一分钟也不多待，连听筒都不敢带走。爸爸却一有空就来陪我们，还吃小平吃剩的面条。还叮嘱不让小平的妈妈知道，如果她知道了一定要给他灌肠。

爸爸一辈子乐于助人，常常借钱给生活困难的朋友、学生，从不思归还。他经常告诫我们，要与人为善，施恩不能图报。有一天爸爸流着泪对我说，台湾的一位老朋友去世了，这人是饿死在桥洞下，宁肯饿死也不肯向人乞讨，这件事对他震动很大，一连几天都吃不下饭。下面是爸爸去世后，我才读到他为老朋友陶光写的诗。

> 吊陶光兄，步充姐《独往集》原韵
> 清华园内有遗踪，滇翠湖边影已空。
> 心力枉抛作辞赋，豹狼不畏向刀丛。
> 孤标傲世谁能识，一曲清歌我独同。
> 海外飘零无音信，桥头饿倒只因穷。
> 细拍琵琶日几回，歌声高亢又重来。
> 凄凉一片黔山月，豪迈当年长顺杯。
> 半世猖狂终不改，十年友谊未能埋。
> 损人毁己事难说，他日相逢是夜台。
> 噩耗传来还费猜，悼念迟迟事更哀。
> 早已故人成白骨，何劳新贵说怜才。
> 感叹吊唁无人接，痛哭泪珠滴院台。

往事如潮齐涌现，中宵不寐起徘徊。

"文革"时爸爸瘦了很多，从来没有见他那么瘦过。我们都暗暗担忧，他却庆幸大肚子消下去了。他成天背着粪篓到处拣马粪，累了就坐在粪篓里休息，垫上草说是土沙发，很舒服的。爸爸从不在我们面前讲如何挨批挨斗，只是对黑白颠倒，愤怒至极。那年月他表面上若无其事，照样风趣，内心却波涛翻滚，写了下面的诗：

> 三十年来是书生，一旦坠落在风尘。
> 反手低头过闹市，弯腰曲膝亦伤情。
> 生死存亡置度外，是非真假不分明。
> 自问生平无憾事，任他辱骂与欺凌。
> 消息传来泪满裳，东方隐隐露微光。
> 牛棚依旧三人坐，薪水仍支五十洋。
> 心似弓弦张复弛，身如折尺短还长。
> 深夜扪心世间事，教人如何不悲伤。

可怜他憋了一肚子气，一直睡不着觉，最后精神分裂。他不能听到悲惨不幸的事。他受刺激太大，甚至于在路上看到一匹驮重的马，也要感叹半天。

爸爸去世的第二天，我赶到家。我来到他的身边，我觉得他两眼直瞪着我，寒气逼人。他受了太多的委屈、太多的折磨。我不但没有替他分担过丝毫忧愁、给他过一分安慰，反而经常给他添麻烦，让他更加生气。

现在，我们的生活比以前好过多了，分得了三室一厅新住宅，去年又装修了一番。我多想把爸爸接来同住，好好尽点孝心，让他过几天舒心的日子（可怜他十年来住的是什么房子）。这样，我就可以跟他学昆曲、诗词和学做人。哪怕他再拿铜尺打我几回，我也心甘情愿！

张以靖

1996年5月10日

信中情

二姑：

　　今天打开信箱，取出晚报和信。一看落款，噢！是二姑寄来的，这么厚！一定有好文章看了。因为是给妈妈的信，跟妈妈打了一声招呼，我就拆开了信封，看了您用电脑打来的信，不由我感慨万分。您已经是耄耋老人，还在学电脑，学无止境，也使我这小辈感到十分惭愧。

　　记得1990年底我到北京上您家的时候，您已经患有眼疾，但是仍在坚持写作。我回上海时，带了一本您的小册子。我一上火车，就打开阅读。其中一篇《小白兔》（写您和孙女庆庆"文革"中的往事），才看了一半，不由潸然泪下，心就像被揪住一样的疼痛，以至于怕过分失态，不敢在车上再看下去。

　　今天拜读了您寄来的三篇短文，其中有《看不见的背影》一篇。您写了您的父亲（我爷爷），使我想起我的父亲。我父亲性格内向、清高，自尊心很强，但又不乏幽默、风趣。我尤以父亲提倡子女中"男女平等"为荣。小时候往往看见邻家小姐弟中，弟弟一手拿糖、一手握饼，而做姐姐的则在一旁眼巴巴地看着的情景的时候，我暗自庆幸自己有一位开明的父亲。每年的夏天，遇到酷暑闷热的天气，父亲半夜给我和弟弟抹汗（他每天备课、看书到深夜）。有时我醒了，也佯装睡着，享受这深深的父爱。

父亲一生最恨不真诚老实的人，对说谎的孩子也是严的。记得我七八岁的时候，有一次拿了家里放在五斗橱上的几毛钱，买了零食吃。父亲下班回家，发现钱不见了，问我和弟弟拿过没有。开始我不敢承认，最后不得不承认。接下来是十下手心和一小时的面壁罚站，这在我家，已经是最严重的家法了。以后，这类事件再也没有发生过。

父亲的不会圆滑、诚实做人的原则，也使他在"文革"中吃了不少苦，但是并不为此而改变自己。平时，他对我们四个子女的教育，不仅言传，更有身教。受父亲的影响，我们兄妹四个对待工作都认真负责，对待朋友均真心实意，讨厌攀龙附凤，更憎恶落井下石。"文革"中，姐姐以韶工作的厂里停工"闹革命"，工厂大门紧锁，她硬是从窗户里爬进车间，把自己的工作干完。这在当时的环境里是被看作一件不可思议的事情。我想，这是来源于爸爸的教诲。

父亲离开我们已经二十二年了。他病中的几年是在床上度过的。由于肺气肿，他呼吸困难。开始，每晚睡觉还能半躺半坐地睡上几小时，以后病情逐渐严重，借助氧气袋，每天晚上也只能趴在特制的小矮桌上睡一会儿，以致额头结了一层厚厚的老茧。由于长期坐在床上不活动，两腿弯曲僵硬，最后去世时怎么弄也弄不直了。

十年前，我在高中念书的时候，学到一课朱自清的《背影》，这是我第一次读，就被深深打动，待轮到我朗诵其中一小节的时候，我已经两眼满含泪水。我只能佯装身体不适而趴在桌子上，以掩饰自己的激动情绪。我时常梦见父亲还活着，醒来泪湿枕被。二姑，我和您一样，多么希望在梦中有父亲形象多多出现。

最近收到苏州五爷寄来一本复印本。内容是韦布（舅爷爷）眼中的张吉友，使我们知道爷爷是一位对中国教育事业做出过贡献的、开明的教育家，同时也是一位深受你们爱戴的好父亲。以前，我爸爸零星地对妈妈讲过爷爷的一些事情，妈妈记忆差，现在讲不出什么了。而"文革"中父亲最空闲（养病）的几年中，正好哥哥（以逵）和姐姐（以韶）均在外地工作，我和弟弟（以迅）年龄尚小不懂事，缺少倾诉对象，而他的内向性格、环境的压抑，也导致了他的沉默寡言。现在我已为人妻、为人母了，回想父亲在"文革"中的几年，他真是身心皆苦。

二姑，我今天情绪很激动，想到哪里就写到哪里。我写这些，仅仅是给您作参考，看看是否对您的写作有些帮助。写得很乱，也很伤感。眼前不时浮现出父亲最后的影子。

今天是九月初九，正逢重阳，也是老人节。现在，我遥祝二姑爷、二姑节日快乐！

张以韵

1995年11月1日晚11时

生别离

1968年12月，寒风阵阵，爸爸被当作"反动学术权威"揪了出来。妈妈给赶下了农场，家被抄了，学校停了课。才十六岁的我，下放到偏僻的大娄山。

夜，灰黄的灯光映着光秃秃肮脏的墙壁。墙上浓黑的墨汁歪歪斜斜刷着"打倒张宗和"的标语。灯影下，爸爸忙着替我收拾行李。他把我平日穿的衣物从小衣橱里一件件拿出来理好，装进一个绣着小花猫的枕头套里。又把家里惟一的一床好一点的被子用油布包好，找一条晒衣服的麻绳来捆背包。可是绳子还差一截，他满屋子搜寻，看见门角他的"黑牌子"上有一根绳子，就蹲下去解。我连忙说"爸爸，这怎么行！明天……他们……""没关系，这不是也可以吗？"他用一根细细的铁丝代替了绳子，系在"黑牌子"上。他一只脚蹬着背包，弯着腰使劲地拉着麻绳，我要去帮忙，他不让。他一面喘气一面说："以前，逃难的时候，我就会打背包了，那时候一天要逃难好几次，背包打不好还行？"

背包打好了，他直起身，甩甩手费劲地从书橱底下掏出一本泛黄的《唐诗三百首》，递到我手里说："这是我留下的最后一本书了，你带着吧，下乡也还是要念书的。"他从地上拾起一张牛皮纸，仔细把书包好，塞进我的书包。

忙了大半夜，刚坐下来喘口气，他又想起还有牙膏肥皂没有准备，可是街上铺子早已关门。他叫我先睡，说要到对门李伯伯家去借借看。我嫌他麻烦，这些东西乡下一样也能买到。可是他还是去了。

一会儿，爸爸回来了，手里捧着一堆东西，一见面就高兴地说："今天运气不错，东西都借到了。李伯伯听说你要下乡，还送了你几个大苹果呢！"看见他那高兴的样子，眼泪很快从我眼中流了下来，我赶紧拭去。他找来一只破了个小洞的小包，把东西装了进去，满屋子转了一圈，看看还有什么漏下的东西。他对我说："孩子，去睡吧，明天还要起早。"停了会，看我没动，又说："上车后要把东西放在行李架上，要坐在行李对面，睡觉要警醒些……明天早上我不能送你，事事要自己当心。"他斜下眼睛看看自己右臂下黑底白字"反动学术权威"的袖套，我的眼泪又无声地流下来了。他抬头，看见我在擦眼泪，忙用袖头替我拭泪，嘴里喃喃地说："不哭不哭，到了地方快写信回来。"可是他的泪水也顺着眼角直往下淌。

事情过去了很久很久，可是每次抬头看看爸爸的照片，爸爸微笑望着我，我就会想起那天夜里，他替我打背包，想起他弯着腰，吃力地拉着麻绳的样子；想起他替我擦眼泪时候，悲戚的神情。爸爸，你死得太早，没有看到"四人帮"

倒台。

　　我想："爸爸，你受尽了种种非人的折磨，你带着忧伤、愤怒、迷惘，更多的是对我的不放心，离开了我。"

张以渑

1996年1月4日写于贵阳

缘

　　"你们一个在贵阳，一个在安阳，相隔几千里，怎么会结合的？"同事们和朋友们常常发出这样的问话。有的人说我们是"大串联"在火车上相识的；有的人知道我们两家的父亲是朋友，就猜测"他们是指腹为婚的吧！"至亲们都说是窦祖麟伯伯介绍的。其实都说得不对。我和窦小龙从相识到恋爱到结婚，真是应了常言所说的"有缘千里来相会"啊！

　　高中毕业时候，我就遇到1966年的"文化大革命"。这个难忘的岁月，大地像海水在台风中怒吼，而一切正常生活却变成像死水一般地凝固了。当时我家生活的凄苦是难以形容的。我像一片被狂风吹下地的嫩叶，在大风大浪中任意受命运的拍打和冲击。考大学无望了，又偏偏接连生病起来。

　　1967年我的扁桃腺炎发得很厉害。妈妈说，非切除不可了。窦祖麟伯伯知道了，就邀我到上海去治病。当时陆榴明表姑在仁济医院工作，还亏她的热心照料。

　　一个贵阳山沟沟里的女孩，从来没有出过远门，我害怕来到花花世界的大上海，找不到窦伯伯家，只好写信请窦伯伯到车站来接我。信中一再告诉他，我穿一件红白方格子的衣服，扎两根小羊角辫子，辫梢上系着粉红蝴蝶结。谁知到上海下了火车，没有见到窦伯伯，出了站还是没有人来接。这时我真急了，泪水在眼眶里打转，差一点哭起来，只好去找三轮车。我正在问路的时候，只见一个瘦小的老先生，笑眯眯地向我走来说："端端，你真傻。我考验考验你，我已经跟踪你半天了。"这时候，我激动极了，愣了一刻，才破涕为笑，跑过去撒娇地在他的背上捶了几下。

这次上海之行，没有见到我心里暗暗想要见的窦小龙，他是窦伯伯的弟弟窦祖龙的儿子，在我来的前一天往贵阳去了。我来他去，真是阴错阳差。我在上海无意中听说，小龙正在跟一位姓傅的女朋友谈恋爱。他要送女朋友一件羊毛衫，让大家参谋买什么样的合适。大家还开玩笑地说，他是一块"嫩豆（窦）腐"。

后来，我回家才知道，他到贵阳来，在火车上被人偷走了鞋子，下了车只穿着袜子，在晚上去敲开商店的门，求人家卖一双鞋子给他。窦伯伯让他给我家捎一罐猪油。他找到贵阳师范大学历史系，系上的人说我父亲被隔离审查，不许见客，让他把猪油留下，他们可以转交。他不信任这些人，摇摇头，拎着猪油就走了。一路打听，才找到我们住的一座小山顶上的竹篱间隔的屋子。

我在上海时候，看到他寄给窦伯伯的"贵阳之行"游记，给我印象很深。

回贵阳之后，我给他写信，说这次你去我来，没有见到你，很遗憾。但是看到你写的游记很动人，感谢你为我家捎猪油，历经了白眼和艰辛。人在苦难的时候，多么需要人间的温暖啊！他接到信后，来信说，不久他又要到贵阳来。等到他来的一天，我和小妹按时到车站接他，但是没有接到。第二天一大早他来了。我因胃痛发作（实际是胆管发炎），还没有起床。一听见敲我的门，我就问是谁。他说："我是窦小龙。"吓得我大叫不要开门，我的房门是用力就可以推开的。我赶快穿上衣服，披头散发，开门出来迎接他。我注目一看，心里一震，好一个身材高大的英俊小伙子！他穿一身洗白了的旧军装，很像一个退伍军人。第一次见面的印象，深深印在我的心里。

在贵阳，我们一同去玩花溪。他骑自行车，上面带着我和我的好朋友志平两人，我坐在前面，志平坐在后面。他比较瘦，但是很有劲，四十多里山路，蹬车带着我们两人，这是很累的。车骑到花溪河边，一个小男孩调皮地说："温暖不温暖？"我听了不理他，也不脸红，因为我知道"嫩豆腐"是好人，我把他当做一个可亲的哥哥。

他很少说话，常常看着我们六个女孩子疯玩。我，小妹，还有我的四个好朋友，一会唱山歌，一会跳苗族舞蹈，一会朗诵诗歌，我们忘记了外面还有一个世界！

他回安阳之后，我们经常通信，谈人生，谈理想。当时他在安阳当工人，我被派上山下乡。对祖国的命运、人类的前途，我们感到责任重大。

在1968年9月，我正准备到贵州桐梓农村插队的时候，收到他爸爸窦祖龙的一封信，邀我到安阳一游。他说小龙说我是他见到的女孩子中最好的一个。看到这儿，我心里像揣着小兔，咚咚跳了起来。老辈谈过的一个关于我和"嫩豆腐"的预言，在我心中掠了一下，但是很快就消失了。那一件以前我听说过他预备送给傅小姐的羊毛衫，不知怎的最终竟会穿到了我的身上！

大家都说窦伯伯是介绍人，其实他是"无心插柳"。窦伯伯当然不否认，我也应当感谢他，有他牵红线的功劳。常听窦家说，谁要是娶到张家的姑娘，将一生幸福，这是过奖了。

三十年过去了。借《水》复刊的机会，我也写一点心头的甜蜜回忆，为《水》洒上一滴人生的甘泉。

张以端

周耀平给四妹（充和）的信

四妹：

重庆车站别后，我带着一颗沉重似铅的心，经过漫天的雨天路途，到家已在29日晚6时。在家门口，没有进门，我隔门在门洞里问房东家的男工："小平怎样？"他说："在医院里。"在他的语音里，我听出小平安全的消息，这才松了一口气，否则，我真不敢进这个大门。我上楼，只有老母亲一人在做鞋，我已得知小平有望，尽可以自然地谈话了。我转身到医院，在半路上遇见允和，也已经没有紧张的情绪，但仍是非常兴奋，到医院，这已是出事的第五天（整四天），小平热度未退清，而神志早已清醒，并且可以随便谈几句话了，除了腰间穿一洞外，小肠打三孔，大肠打一孔，并伤一处，共计六处破伤。事情出在1943年1月25日下午1时许，地点在大门以内天井中，入院在2时左右，经三小时准备，四小时手术，至晚8时许，才由手术室出来到病房，一切科学方法都已用尽。医院隔壁是美空军医院，各种设备可以通借，曾输血200CC，其他针药种类繁多，无时或间，所以经过十分正常。最初三日昏迷，到第四天才敢说危险过去，这好比在八堡看钱塘江潮，平静的海岸忽然可以卷起百丈波涛，等到我赶回成都，又已是潮退浪平，只能看见江岸潮痕处处了。我记得当定和三弟闹离婚问题时，他气愤几不欲生，我以"多面人生论"开导他，当时他虽固执，今日他已深明此义。我知道允和把一切希望都寄托在小平身上，万一小平有意外，允和的悲痛将又非定弟那时可比，我唯一可以劝解她的，也只有"多面人生论"。而我为自己解说，自己和自己辩论，汽车的颠簸叫我疲倦，叫我麻木，这也帮助我心情平静下去，但我无论如何不能鼓起积极的生活兴趣，也不能自己接受自己的积极的人生观，我逐步步入宗教的安慰里去。我在教会学校读书多年，但是没有信教，小禾死了第三年，我才受洗礼，但我没有做过祈祷，这次我为了小平，默默做第一次祈祷，我渐渐失去了对人力的信赖，我只有茫茫地信赖神力了。八姐（绮和）说："如真小平有事，我看二姐（允和）难活，老太太也经不起这打击，耀平岂能独存，这不是一家完了吗？"真的，假如我一到家门口问着那个房东家男工，如果他的答复是另一种，那么我眼前的世界将是完全另一种色泽。人生的变幻我真无法捉摸的了！小平才说脱离危险，我们就丢开小平忙着定和三弟的音乐会，2月5日、6日两天，在一个礼拜堂里举行，成绩意外地好。音乐会开完的第二天，小平就出院，现在家中休养，已能下床行走，每隔两日医生来看一次，大约要两个月才能完全康复。我家有一个挂了彩的小伤兵，这也是抗战家庭应有的点缀吧。我到家的第二天就打一个电报报告你小平已脱离危险，不知能否收到。一直在忙乱，无法把笔，现在是雪雨全消的一个夜晚。允和与小平都已睡着了。火盆里还有些余烬，停电，一支洋蜡烛只照明书桌的一角，窗外积雪已消，但又疏疏下着微雪，明天的屋檐或许又能积起些白色。允和为了解除小平的寂寞，买了一对小兔儿，养在卧室里作伴，这一对稚兔簌簌作声。桌上有我和允和写给从文与兆和的信，他们从你那儿已经知道了这件意外的事，并且汇来了一万元，我们只能暂借一用，仍旧要还给他们，因为他们也很困难。而我们现在还有办法挪借，不若小禾不幸的当儿，那么走投无路，这或许也是小平之所以幸于小禾吧！这桌上还放着一尺直径的美丽的花蛋糕，是朋友送给小平的。小平经此一病又多了许多朋友，所有医生看护没有一个不喜欢和他交道。小平自己说："真奇怪，为什么大家都喜欢我，这样的生病倒也不坏。"明天我们要把医院的医生和看护请来吃午饭，表示答谢他们。阴历已到年夜了，我们这个年关总算过得紧张而愉快了。三弟也在此地过年，小平以未能听到三舅舅的音乐会为憾，三弟昨晚在此地举行床头音乐会给小平听。音乐会的合唱团昨天下午全体都到我们这里举行茶会，小平也带伤出席，一切都转危为安，或许还能转祸为福呢。如有便车你能来此休养几时，的确我们这里住的环境在战时成都要算上上了。

祝

你的《雷峰塔》写作成功，健康日进！

成都甘园　耀平

1943年2月10日夜

旭和的信和文

二姐：

您要我写事实，我想到几件事。我向来没有写过文学文章，只是"摆事实"，可能太干瘪，要是不能用，丢弃算了。

在北京的时候，受到您的感染，我也想努力"自得其乐"，以答谢姐姐哥哥的爱抚。

9月25日，旭和曦和看了《温吞水》，您和有光兄表演得非常好。可是上次的《东方时空》比《温吞水》还要好。我们还介绍合肥二中校长、我们的二弟偕和看，那天有人找他汇报工作，他说："现在不行，我要回家看电视。"他看完后，立刻给我们电话："这是我们张家的光荣。"

昨天任和来电话，我也叫他看，并告知他您的电话，让他看后给您打电话。

祝身体健康！

旭、曦妹上

1997年9月29日

老九房人真多

我们爷爷的爷爷是从江西移民到合肥的。生了九个儿子，两个女儿，有十九个孙子。到我们和字辈没有统计，只知道很多就是了。中和十哥说："张家人比耗子都多。"虽然我不愿意同耗子比，但是人丁兴旺确是事实。据我初步了解，老九房的后裔除了在中国以外，在美洲、欧洲、大洋洲都有，在美国的就不少于三十人。

大约在1974年，应十哥、十嫂的邀请，我带三个孩子从长春到北京来玩。一天，我们一行四人在天安门附近等车，不知道什么缘故，车站改地方了。我们很多人从老站向新站跑去，在路上听到一个女人用合肥话抱怨说："站改了也不写明，让我们久等……"

我一听到合肥话就顺声找人。我凑近她边走边问："请问您是不是合肥西乡人？""是的。""请问您是不是姓张？""是的。""请问您是不是张琼龄的姐姐？"那人一下子站住了反问我："你怎么知道的？""我也姓张，我应该叫您三姑。"那人半信半疑搭车而去。次日在定和三哥家我和那人见面，她的确是十六爹爹家的三姑琼龄，从云南来北京探亲的。

九伯烧蚊子

1937年七七事变后，九伯一家回到合肥圩子。那年春节大姐（元）、四姐（充）、大哥（宗）还表演了《春香闹学》。可是不久日军又向六安方面侵进。在公延大伯的领导下，大家都向山里跑。山里蚊子真多。九伯拿我家的吸蚊灯到处烧蚊子，蚊子可是烧不完。

不久九伯病故。当时九伯十个子女中，只有最小的七哥一人在身边。有时让我大弟当孝子，以替换七哥休息。

张旭和

张定和给《水》的信

亲爱的水社社友们：

《水》的复刊，是在允和二姐的倡议中，在姐夫、嫂嫂、弟妹们以及众多的小辈们的通力合作下，出版了三期。我由衷地高兴！尤其是佩服二姐的热忱和勇气。但我最初总拘泥于我本不是水社的而是九如社的。想当年，四个姐姐和两个哥哥以及他们的好友们如窦祖麟等组成水社，办得很红火，影响到我们这帮小的——我、四弟、五弟和九如巷中的近邻高奕鼎等，就组成了九如社（那时七弟还小，连九如社社员都不是）。记得一次两社成员在皇废基乐益女中大操场上踢小皮球友谊赛，两军对垒的情景，历历在目，因而我徘徊于水社之外久之。经过了一年多的思索终于得出了一个明确的"概念"，即：在当年二三十年代时，"水"和"九如"的划分，主要是以年龄为依据的，那么，后来年岁小的长大成人，甚至于老了，就应该顺理成章地都可以是水社成员。况且，我还记起，在抗日战争末期（1945年时）《水》也曾复刊过，我还投过一篇关于我的儿子的《达子的故事》。既然想通了，今天就向大家表表态：在我有生之年，必定竭诚为《水》出力。

《水》复刊已出三期。她原本是家庭内部刊物，不意竟受到社会上一些人的注目。我不由得生出一些感慨。由于我们的爸爸生前在苏州独资办学，以及他的民主作风给社会上作出了贡献，给人们留下难忘的印象；以及由于姐兄们在青少年时的爱好文学的活动；也由于复刊，传开来，得到行家的重视和推崇，我觉得我们必须谨慎努力保持《水》的传统，使她仍旧是一个家庭刊物，是我们大家互相交流文艺和亲密谈心的地方。我家的四位姐夫，不可否认他们都各有专长，并且多有其很大的成就，尤其是沈二哥，虽然由于他近三十年来没有继续搞小说、散文等文学创作而影响了诺贝尔奖金的获得，但从他的作品的魅力长存和对后世的影响来说，他在我心目中，仍然是一位不愧于诺贝尔奖金的得主。我们为有这样四位姐夫而自豪，但我们不能掠人之美而以为是自己的荣誉。古人有言云："天地之间，物各有主，苟非吾之所有，虽一毫而莫取。"水社应该有我们家族的传统，我相信我们的后辈们不但在物质上能够做到这一点，并且在荣誉上也能做到。愿我们共勉！

允和二姐一再向我约稿，我因健康原因未曾顾及。《水》的复刊第四期将在这个春节前出版，理应庆贺新年祝愿大家幸福，但我却总在怀念着已经离世的亲友们和养育我们的干干们。因此，我把六十多年前为充和四姐诗《趁着这黄昏》作的曲子改写了一下，投寄给《水》，用以悼念所有故去的亲友们。

亲爱的水社社友们！祝愿你们

新春新禧！万事如意！健康长寿！阖家清吉！

张定和

1997年1月19日深夜

给元和的信

敬爱的元和大表姐：

　　刚收到您寄来的《水》复刊第二期，我一口气便读完了，连同上次您寄来的一、三、五期，允和二表姐寄来的四、六两期，我们都已拜读完，真是万分感谢您老人家不辞辛苦为我们添印这些刊物，又花了许多邮费寄来。让我们知道许多奶奶娘家亲人的往事，备感温暖亲切，特别对大表伯的教育思想，乐善好施和你们姊妹兄弟的高尚品德、文学修养、才学文笔钦佩之至。

　　《水》是一本浸满亲情的家庭小刊物，发行量有限，你们都已年达高龄，仍不断为《水》耕耘，写稿、打印、编辑、发行，花费许多精力，交流情感，陶冶性情，使我们姊妹及家人深受感动，得益匪浅。

　　有一次，我偶然看到电视上记者在北京允和二表姐家中采访，看到他们夫妇清淡典雅、富有情趣的生活片段，其中还穿插二表姐穿戏装唱昆曲的情景，可惜我没做准备，来不及录下来。

　　我经常翻阅大表姐送给我的《牡丹亭》剧照和美丽的新娘照片。我仍能回忆起大表姐结婚时的情景，庆曾大姐作的伴娘。当时我年纪很小，却留下很深记忆，这对新人才貌出众，志趣相投，是很少见的天作佳偶。读到大表姐的《埋玉篇》不胜怆叹！大表姐失去宝"玉"，仍意志坚强，在八十多岁仍能上台演出，继续钻研昆剧艺术，还去拍过电影，又能经常写稿，思路敏捷，文笔秀丽，记忆力这么好，真可亲可佩，是我们学习的榜样。

允和二表姐八十多岁学会用电脑打字排版，张家姊弟有句话"活到老，学到老"，给我很大启迪。我今年七十岁，也去报名参加电脑班，每周三次，每次两个半小时，是为期两个月的短训班，学习计算机基础知识和操作技巧，全班以我年龄最大，同学中有初中、高中、大学生，也有在职或下岗职工，他们都喊我"阿婆"，我退休前在学校教大学英语，退休后教过外国人汉语，对电脑打字倒不觉得难，只是操作速度没有年轻人快。目前即将进入一个新世纪，形势日新月异，科技迅猛发展，我希望今后在网络上多了解一些外面世界的情况，并可用 E-mail 和子女通信。

读到宗和表哥在"文革"中的悲惨遭遇，感到十分辛酸。那些日子里像他这样受到冲击的知识分子又何止千万，真是一言难尽。

庆曾大姐的女儿维力，当时只有十四五岁，读初中，因祖父是留美经济学博士，在香港中文大学任教授，大姐夫被疑为里通外国，维力成了"黑五类"子女，她年纪小，受不了刺激，精神分裂，至今仍然住在精神病院，现已四十多岁了，生活不能自理。我们每月派保姆带食品、用品给她，每月去三次（在郊区）。大姐夫去世后，庆曾为了女儿维力，终日闷闷不乐，担足心事，发展成了早老年痴呆症，现在她的记忆力几乎全部丧失，由一个保姆日夜照顾，目前情况尚好。

她儿子维德现调到新泽西一家日本公司工作。和我儿子滋炎住得不远。滋炎在一广告出版公司做电脑工作。我女儿滋莹在 Houston，最近生了个八斤重的儿子，我到七十岁终于当上了外婆了！

您信上提到我父母和三伯伯三妈妈结婚时，您妈妈做的"全福太太"，您做"打花烛小姐"的情景十分有趣。毛姑姑不属羊，大概属狗。听说奶奶生乳腺癌后将毛姑姑的妹妹"小老姑"送到张家，和你们姊妹在一起玩过，也许属羊。小老姑在五十岁左右也患乳腺癌去世了。

我们知道《水》这份刊物是不肯收订费的，连成本费也不肯收。想到大表姐这样高龄还为寄刊物奔波邮局，心中总感歉疚。大表姐如需购买上海的什么杂志、录像带、录音带之类，请告诉我们，千万别客气。

祝大表姐和张家表兄姐们健康长寿！

祝"水"长流！

刘德曾　刘荣曾

1998年4月5日

屠乐勤给周有光、张允和的信

舅舅、舅妈:

乃群、慧敏见到两老健康、豁达,思想依然敏锐,高兴极了。他俩已经上海回美国去了,表示以后每两年回来一次。

第五期《水》收到,深感来之不易。这份刊物不同寻常,一拿到我就一口气看完,也勾起不少往事。事隔六十载,才读到舅舅和晓平写的小禾悼词,禁不住眼泪滚滚。她是那么弱小乖巧,是日寇摧残了这棵小小的禾苗。这么多年,一直不敢面对你们提及她,但她永远留在我们心里。我的照相簿里还珍藏着幼时我背着小禾的照片。与舅妈娘家人接触,是卢沟桥事变以后,那年我七岁,再早我就没一点印象了。妈妈带着我们兄妹四人从天津逃往苏州外婆家。这以后最艰难的岁月里,都是舅舅和舅妈在保护和照顾我们。"七七"事变爆发,我们跟舅妈一起逃难到合肥张家老圩子,感受到那里的气派。不久,日本飞机来轰炸,大家逃出住宅,躲在围墙底下,我的牙齿随着敌机的机关枪声不停地咔咔颤响,震动了一旁母亲的心。她抚着我流泪说:"别怕,别怕!有妈妈在。"在四川,定和三舅常兴冲冲地把他新谱写的抗日歌曲拿来教我们唱。在南溪，我有幸看到吕恩阿姨的剧团去巡回演出《放下你的鞭子》等活报剧。舅妈，您可记得，1938年暑天您送外婆来南溪，走时我们去江边送您，说起您会晕船，妈妈不放心，拔脚跑回家取来我几件衣物，让我陪您回江安。那时似乎天天有敌机骚扰，而且总是在半夜里。更夫用大锣猛敲边跑边喊放警报，把我们从梦里敲醒。我睡眼朦胧跟着三舅带着晓平躲进坟地，三舅出去借着星光观察动静，晓平不知厉害，总往外跑，我看到死人骨头吓得要命也溜了出去。三舅就喝令我们俩快蹲进去，说飞机来了，就来不及了。我只得搂住晓平闭住眼睛。果不其然，几年后晓平的肚肠被打穿。抗战胜利后，在上海东照里，见到舅妈姐弟的机会就更多了。四姐妹个个神采奕奕，清秀大方。三姨特别恬静，还具有我意想不到的朴素。噢！明白了！原来她是中外著名的"乡下人"沈从文夫人嘛！宁和小舅暑期来你家三楼练小提琴，我坐在一旁静静地欣赏。他那么专心，练了一遍又一遍，肩上搭着一条拭汗的毛巾，几个小时手臂抬着拉，琴声是那么刚劲有力。夹琴的下巴磨掉了一层皮，红通通地夹着汗水，我的心都为他痛，他那勤奋不屈的精神，让我看到成功者背后的艰辛。1983年，善述出差比利时，我请他一定要去看看那位我自小敬佩的小表舅。去南京游驰名全国的植物园，拜见了总园艺师宇和四舅，他向我们介绍了园内珍贵品种和他的近著，这是国内最令我心旷神怡、流连忘返的地方。我高兴地看到，四舅的成就，吹动着植物园的花草树木一起在盛开。四舅的儿子也曾与乃强有交往。

你们在电话中邀请我去北京，这是我一直向往的。我与式玫筹划着明后年去，同时可为舅妈祝寿。希望那时也能见到庆庆和安安。诗秀有眩晕可试服fish oil，它是血管的清道夫。

苏州尚未去，哥哥的儿子小迅全家归国探亲，打算等他们同行。祝您老永远健康！快乐！

善述向舅舅、舅妈问安。

乐勤

1997年7月10日

给舅妈的信

亲爱的舅舅和舅妈：

收到《水》（4），真叫我激动不已，与《水》有关的人物中许多我都接触过，我又是乐益女中的学生，《水》对我来说备感亲切。舅妈，你八十五岁学电脑打字，并应用它作为工具来续编放下数十年的《水》，你的勇气和思想境界令我们为有这样的长辈而感到自豪。

公善和孩子们都看了，姐姐也说收到了，可他们不会有我这么多的感受。这些人物把我带回到孩童时代，勾起了一幕幕的回忆。这一段历史在我的生命之河里占有特殊的地位。这是舅妈带给我的。我从病弱的"干瘪枣子"长成了健康的少女，我第一次离开父母，第一次住校，第一次获得荣誉，从而对自己有了自信。在"乐益"我接触了地下党语文和音乐老师，我接触张家众多的可敬的长辈，我的文笔差，可我也很想投稿于《水》。

我退休后，和复旦的同学们一齐组织了"乐益化工有限公司"，虽"乐益"是"六一"届的谐音，可是在翻译"绿叶"这一名称中也渗透了我对乐益女中的感情。

这第一封电脑信是在舅妈精神的感召下，我们共同完

成的，我拼音，公善打字，王晴在他工作的 JOHNSON &
JOHNSON 公司（美国独资）用激光打印的。王坪目前是上
海医科大学药系三年级的学生，1998年毕业。

祝舅舅和舅妈新年快乐，身体健康！

式玫、公善敬上

1997年2月5日

叶至善给张允和的信

允和姐：

　　昨天吃晚饭的时候，偶尔跟父亲讲起乐益女中，讲起许多早期的共产党员，如侯绍裘、叶天底，还有张闻天等同志，他们把乐益作为开展活动的据点，有的就在乐益当教师，有的暂时在乐益隐蔽。父亲说，您的父亲张老先生很了不起，他自己出钱办学校，把许多外地的青年请到苏州来教书；他大概不知道他们是共产党员，只觉得他们年轻有为，就把他们请来了，共产党从此在苏州有了个立足的地方。父亲还说他们兄弟姊妹都有专长，都有出息，可见张老先生教育子女很有见地，也很有办法。父亲说应该给张老先生写一篇比较详尽的传记，叫我把他的建议告诉您，请您兄弟姊妹商量商量，快点收集材料，快点动笔。顺颂暑安。

至善

1984年8月10日

范用给张允和的信

允和先生：

　　七十年后《水》以新的姿态复刊，本世纪一大奇迹也，可贺，可贺！谨向它的作者、编者、出版者致敬！

　　请允许我作为长期订户，先寄上一二两期的订费。抵付复印成本，无利可图，蚀本生意。

即颂

双安

范用

1996年4月20日

张允和给范用的信

范老：

昨天（1996年4月23日）得到您的大札，十分感动！

我们的《水》是我们张家姐弟和小朋友办起来的；我们的《水》只接收十家姐弟的捐款；我们的《水》学我们爸爸张冀牖（吉友）办乐益女中不收捐款的作风；我们的《水》只能是赠送知己朋友的小小刊物。因此，您寄来拾伍元，原璧归赵。否则，我将受姐弟们的谴责。可是我非常感谢您善良的赐予！是鼓励我们继续办下去。办一期我就寄上一期，请您不吝赐教！

"本世纪一大奇迹"，您太夸奖了我们，我们受之有愧。我受了有光的影响，儿子又送了我们第二个电脑。我打电脑是当它玩具来玩。

我很失敬，您是范文正公的后代。我最佩服的是司马迁，第二个佩服的就是范文正公了。他的"先天下之忧而忧，后天下之乐而乐"是真正大政治家的名言。小时候到天平山，一定到范祠磕头。

您的来信我很感兴趣。信里称呼我为"允和先生"，信封上称呼"充和先生"。为什么为我加一顶帽子，这世界扣帽子可危险！幸亏加了帽子还是自家人，我的四妹"张充和"。

还有我家住在"后"拐捧，不是"前"拐捧。您"前后"不分还不要紧，如果左右不分就要成问题了。

您可能信封、信是两次写的：一次"酒醉"，一次"酒醒"。哈哈！

"十足糊涂虫，'前后'拎勿清。"可是你很谦虚，"一事未曾夸耀过，祖宗原是范希文"。

祝

您"一本正经""十足糊涂"。

张允和

1996年4月24日

"新潮老头"——我的干外公

有这样一位老人，他今年已经是九十高龄，他头发白的不多，可是前额光光的，一根头发也没有。嘻嘻！这使我想起一个词——"光瓢"！不过我不能当他的面说，那就太不礼貌了。有个孩子问他说："为什么这里不长头发？"他诙谐地说："这里没有播下种子，怎么会长出头发来呢？"听了这些，你肯定在想，他是谁呀？他呀，就是我的干外公——周有光先生。

他那头亮光光的，活像个小足球，但你们知道吗？这脑袋里可满都是知识，满都是学问。干外公知识渊博，他精通中外历史、文学、语言学等。他还精通多种语言，能熟练地用英语讲课、演说、发表论文，还能熟练地用他家乡常州话吟诵《唐诗三百首》。因此人家给他一个"周百科"的美称。他还有一个美名就是"新潮老头"。

称他为"新潮老头"，那是因为他虽年老，但是思想一点不保守，他善于接受新事物，每次我到他家，他都要告诉我许许多多国内外的新鲜事情。他每天工作八小时以上，除了正常工作之外，他还阅读大量的外国杂志。他八十多岁学会了使用电脑，现在他写的文章都是自己用电脑打出来的。例如，他编了《语文闲谈》《汉语拼音词汇》等书。在这几十年里，他在学习上从来没有停止过，"活到老，学到老"就是他的座右铭。

干外公愿意和不同年龄、不同职业的人交朋友，比如，在他的朋友中不仅有著名的小说家叶圣陶、沈从文，有在世界获奖的钢琴家傅聪，优秀的漫画家丁聪等名人，还有更多的是青年朋友和小朋友——当然我也算其中的一个。他的朋友如此多，是因为他从不摆大知识分子的架子，总是那样的平易近人。

有一回我去他家，看到他家中的书柜里摆着许多的书，书角下写着"周有光著"几个字。我问他："这些书都是您写的吗？""是呀。"干外公回答说。近十年，干外公已经写了二十四本书了，这一本本印好的书，都是他这些年的劳动成果。我不觉地顺口说了一句："您可真了不起呀！"

而这时，干外公给我讲了牛顿的一个故事：当牛顿发现了万有引力后，便一举成名，而他却说，知识像汪洋大海，我刚走到海边上。干外公说："牛顿这样伟大的科学家都这样看待自己，我只能说我只不过是站在零的起跑线上。"这句话使我深思了许久。

我要学习干外公"活到老、学到老"的精神，以学到的知识来造福人类。

王韧琰

1996年，时年12岁

别离的笙箫

一个可爱的人走了，会让爱她的人们心痛。

去送她的那一天，我捧了一束白菊，中间有一双白百合。由于没有选到紫色的勿忘我，只好用紫色衬纸托起素枝。后来看见，亲友们带来的花束许多都用了蓝色、紫色的衬纸，因为她偏爱这颜色。一位作家朋友要为允和先生种勿忘我，在山林中种上一大片，我想那必定是一个美丽的所在，把她留在许许多多惦念里。尽管性情高洁的二姨奶奶只种观叶植物，尘世中的人们还是用花来作告别语。她休息的地方像一只纸船，小小纸船中放进了一枝又一枝伤感的花朵。她睡在五彩斑斓里。

见到她老人家动身之前的模样，不由惊叹。二姨奶奶依然那么好看，她的白发盘起，一袭紫袄，衣着完全是一位东方老太太，而眉目之间的气度雍容，又仿佛一位西方公主。从远方赶来的庆庆为奶奶梳妆打扮，晓平大大为妈妈盖好被子，她便安然睡去，睡态极美。我无法定格和挽留这个时刻，只能赞叹造化神奇。记得很小的时候，我在苏州九如巷画过这位高鼻梁的二姨奶奶。她很得意很宝贝地收藏着这幅画，后来故事当然就这么结尾：藏得太好以至于怎么也找不着。这倒是和我家奶奶相像。亲爱的二姨奶奶，您真的要那张稚拙的画像吗？我想您要的是孩子们的开心赞许。

两位足不出户却胸怀天下的老人家，用他们的乐观和智慧征服了许多人。和二姨奶奶聊天，你不知不觉叫她的快乐融化；与二姨爷爷交谈，你不能不被他的睿智折服。更主要的，是生命中那份热情和爱的欢乐触动了你。二姨奶奶对远远近近的人皆充满关怀依恋。她在爱中来，也在爱中去，一生清丽洒脱。据说奶奶到了时辰说不出话，只是睁大眼睛。最后爷爷来了，牵着爷爷的手，她合上了眼睛。有爱的生活哪怕短暂也是幸福的，何况这相知相伴的生命激情长达七十年！二姨奶奶是我认识的最浪漫的新娘！

生命的路很远，天堂的路却贴近。扶着她瘦小的身躯，陪她到天堂的门口，此岸的人向彼岸的人挥手。这时候我听见她说："让我香香你！"于是我俯身下来，像往常道别时一样亲亲她的脸——希望她带一些温暖去。

没有隆重的仪式，没有撕裂肝肠的呼喊，甚至没有音乐演绎悲喜之声……

故事还没有讲完，她的《昆曲日记》即将出版，她的奥运会开幕式正在设计……

这个人悄悄地远去了。

真的没有声响吗？

"悄悄是别离的笙箫。"

小红

2002年9月

后记（一）

　　张允和有十位姊妹兄弟。前面四位是姊妹，后面六位是兄弟。四位姊妹在初中读书的时候，课余办了一个家庭刊物，自己写稿，自己油印，题名为"水"。这是家族和亲友间的联络和娱乐的小玩意儿，"不足为外人道也"。

　　七十年之后，张允和已经八十六岁，怀念姊妹兄弟和至亲好友，异地异邦，四散飘萍。她重新编印这个久已停刊的《水》，借以凝聚亲情、互通声气。起初她一人自写，自编，自印，自寄，每期只有二十五份。后来亲友中感兴趣的人渐多，增加到一百多份。

　　想不到这个微不足道的小玩意儿，被有名的记者叶稚珊女士看到，她在报刊上发表文章说，这是天下最小的刊物。更想不到被大名鼎鼎的出版家范用同志知道了，他发表文章说，这是20世纪的一大奇事。于是《水》的潜流，渗出了地面。

　　新世界出版社张世林先生，建议把《水》中文章选择一部分，编成一本书，公开出版，以便让对这个别出心裁的家庭刊物有兴趣的广大读者，一睹为快。张允和欣然从命，会同三妹张兆和，编成这本《浪花集》。

　　《浪花集》正在编辑排印的时候，张允和在2002年8月14日忽然去世了，享年九十三岁。半年以后，在2003年2月16日，三妹张兆和，沈从文先生的夫人，也忽然去世了，享年九十三岁。姊妹两人，先后去世，都是享年九十三岁。九十三岁，是人生的一个难关吗？

　　我的夫人张允和的去世，对我是晴天霹雳。我们结婚七十年，从没想过会有一天二人之中少了一人。突如其来的打击，使我一时透不过气来。后来我忽然想起有一位哲学家说过，"个体的死亡是群体发展的必要条件"，"人如果都不死，人类就不能进化"。多么残酷的进化论！但是，我只有服从自然规律！原来，人生就是一朵浪花！

周有光

2003年4月2日，夜半，时年98岁

后记（二）

　　周老希望我能为张允和先生生前亲自选编的最后一本书《浪花集》写后记，我没有任何解释和犹豫就答应了。但我一直想不出一个能确切地表达我当时的心情和感受的词汇或句子来，我不知道我为什么要答应，也不知道我该不该答应，我似乎还没有从一种痛苦而麻木的状态中解脱出来。张先生不在了，一些事我不知道该与谁商量，很多话我不知道该对谁说。

　　《浪花集》中的所有文章来源于《水》，周老的本意是希望我能向读者讲述一下《浪花集》及《水》的来龙去脉，而我细读过一遍《浪花集》的校样之后，认为完全没有这个必要了。相信读者看过寰和先生的"前言"和集子中的文章，不再需要任何的解释，却一定会像此前看过《最后的闺秀》和《张家旧事》之后一样，对这样一个家庭、这样一些人，产生浓厚的兴趣。可惜，没有人能再见到张允和先生了。

　　可惜的不只是见不到张允和先生，而是再也见不到这样生活过的人，见不到一直在这样一种状态和气氛中以这样的气质生活的人，再也没有了。

　　她就是最后的，最后的闺秀，最后的诗意人生，最后的张家。

我希望集子里能有一组悼念张先生的文章，尤其应有一篇周老忆张先生的文章，周老说："我一定会写，但短时间内不行，我的情绪平复不下来。"而我又何尝不是。我实在不可能平静地写一篇符合常规要求的"后记"。我为张先生的两本书写过"前言"，而那时是怎样的一种快乐的心境。几家报纸的编辑打电话来，约我写一些回忆悼念允和先生的文章，我嚅嚅地支吾，似应非应。我不敢说周先生说的这句话，我怕听到人家的惊讶，怕需要解释的太多。

十几年前，我的父亲去世了。我一直不能接受这个事实，那以后的十年，我不能动笔为他写一个字。民间所说的"骨血亲，砍断骨头连着筋"，这是一种不可愈合的伤痛，"短时间"是平复不下来的。我的这种体验，不知道该不该讲给九十七岁的周老听。现在距张先生去世还不满百日。

2002年8月14日，张先生去世。我正在欧洲。一次难得而美好的行程中断了。行程在继续，是我的原本美好的心情戛然停止在得到噩耗的那一刻……

我无法再去回忆和描述当时的心境，如果周老能同意，我想摘几段日记作为对张先生的祭奠文字，待情绪平稳后，相信还有机会为张先生的另一本书作"后记"。

2002年11月

张先生的生命早已轻飘飘地需要温暖的手托着、捧着，这我知道。她与另一个世界的间隔早已薄如蝉翼，经不起任何风吹草动，这我也知道。但我不是在骗自己，我相信她能创造奇迹，她本身就是奇迹，我从未有过"有一天她会不在这个世界上"的思想准备。否则，我不会那么多次陪她坐在那里闲谈，无休无止地说着反反复复说过无数次的陈年故事；不会把金子般的时间浪费在嘻嘻哈哈的快乐中；不会就那样你一句我一句互相赞美，傻傻地笑；不会总说自己忙；不会再把任何事看得比她重……什么，什么，什么，什么卢浮宫，艾菲尔铁塔，都算得了什么？和她的生命比！

如果生命的倒计时可以预知，我又能怎么样？我是不是会抛开一切，陪伴在她身边，坐在那简朴的沙发中，握住她纤细的手？凝望阳光中她的白发和纤巧笔直的鼻子。

我相信阳光也会被她最钟爱的紫色衣衫感染，为她的白发动容，默默地不肯离去，和我一起，和我们一起，用夕阳中那最后一抹最绚丽的诗意送这白发才女、最后的闺秀诗意人生的最末一程……

张先生正是随8月14日的夕阳一同消失的。

8月14日，一个特别的日子，一如张先生的人生，有仲夏的火热，有初秋的恬淡。

我无法梳理我们之间的千丝万缕，无从理出个头绪，我们相互之间给予了快乐，这是我们彼此生命中的缘分。我相信我是在经历了很多常人间的友情后，在她这里奇遇那种可遇而不可求的心灵的沟通，那种只可意会的精神上的理解和交流。我很难想象在我的有生之年还会有这样的"奇遇"。

我知道她不需要我的悲伤，她的生命是快乐的。只是，我将如何面对那几十盘录音带？将怎样举起手再去敲那扇门？

在靠近巴黎这个最浪漫的城市的途中，我得到了这最让人惊愕的消息，冥冥中的感应？恰是在她安然离去时，我在万里之遥一阵阵莫名的烦躁不安。我想，那是她在向我告别。

我恨自己为什么离京之前犹豫再三却终于没有勇气向她告别，如果我去了，如果我腮边留下她最后的一吻，这种痛惜会小一些吗？我永远不会再知道她最后最挂念放心不下的是什么。儿孙不必她多分心，周老一定是顶顶放不下的一个，我们的约定，一定是其中之一。

她曾经一遍遍地说要画句号，我一遍遍地说分号、分号、逗号。她一遍遍地说要有很多事一件件地交代，我一遍遍与她开玩笑，我早该明白这种玩笑开不得，我也早该正视那该死的死神与她接近的速度是以分秒计，我骗自己！

张先生极敏感怕孤独，周先生一时不在她身边，她都说"没有安全感"。她瘦弱怕冷，躺在那里，她会很冷。我不寒而栗。

大巴中途休息，就在高速公路边，我打电话到张先生家，张先生的儿子周晓平在电话里的声音语调与周有光先生一模一样："爸爸很平静、安静，仍然在看书。妈妈这几天一直在骂爸爸，说爸爸的文章让你受委屈了。你去德国，妈妈还是知道了，这两天我们一直在打电话找你。妈妈明天火化，范围很小，只有几个亲属。骨灰打算放在京郊一个很不起眼的有鲜花的地方。你的身体好吗？谢谢你打来电话。"

我离开人群，不辨方向，不知面向何方而跪，泪雨滂沱，何委屈之有？我有生以来第二次这样不节制，也无法节制，对着高速公路痛哭失声，路边的空旷和回声可以掩盖我的失态。那样一个美丽高贵的生命走了，我却只能在这样的地方以这样的方式为她送行。但即使这样也不能不立刻回到"残忍"的现实。草丛中的几朵小黄花摆在水泥台上，权做一瓣心香，面对着陌生的异域的山、景，从心里叫一声——张先生，心香泪洒，我祭过了！

就这样，世界上最最让我牵挂的人去了。

2002年8月17日

感谢上帝让我们赶在大批游客之前来到了这座教堂。巴黎圣母院的色彩远不如画册和明信片上表现出的那样艳丽、光亮。当年这些乳黄色的砖石在绿色树丛的衬映下一定也曾明丽，但历史、时间、风雨、灰尘在它的乳黄色上蒙上了洗刷不掉的沧桑，他更像一个无言的悲怆的老人。他亲眼看见了法兰西几乎全部历史的演进，它的台阶上印着漫长的九个世纪历史发展的足迹。

"石头的交响乐"，如果活着已经两百岁的雨果，曾经这样形容九百岁高龄的巴黎圣母院。在我看来，那每一块石头和令人目眩的彩色玻璃真的都是一个个音符，无声，却使人震撼。

迈进教堂的一刹那，那乐声，那幽暗，那如天国般的神圣的气氛，让我难以自制，泪如泉涌。我简直无法形容这个地方是多么地符合我当时的心境。这个带着神性的殿堂，无处不散发着来世和彼岸世界的气息。我闭上眼睛，黑暗中，冥冥中，我清晰地听到——"叶稚珊，小叶，你怎么搞的，我晓得，我晓得你忙，忙得怎么样啊？"声音悠悠，绕梁回荡。这是多少个清晨我被铃声惊醒，赤足冲向书房抓起电话后听到的安详、柔和的声音。我长长地松一口气，心头的一块石头落了地，我知道这又是明媚的一天，我的世界因有她的存在而明亮快乐。如果流尽所有的泪水，呕干全身的血液，能唤回这声音，我愿意！我没有想到张先生的离世会带给我如此承受不起的悲痛，得到消息不过三天时间，8月的欧洲就一下子从夏切换到了冬，自然没有御寒的棉衣，更没有一个宽厚的温暖的胸膛容我痛哭给我慰藉。如果痛苦和哀思能化做泪水尽情地流，也许我不会感到心会被伤得这样透，几天的无眠和泪水，已经带走了我心里甚至身体中的全部热量，彻骨的寒意环抱着我，即使不是这样的阴雨天，即使是在阳光下我仍然觉得冰冷。我已经觉得难以把握自己，我需要时时提醒自己，在这样不合时宜的地点、环境、人群中，要克制，要自控。我深切地感受到悲伤之外的另一种痛苦，不被人理解，也没有可能向任何一个人说明白，张先生之于我意味着什么。

放下两个欧元，可以拿到一个乳白色的扁圆形小蜡烛，我把它点燃，再一次用心祈祷，愿她的在天之灵能与我的心同在。我向无宗教信仰，但这次却虔诚地信天主，信耶稣，信上帝，信一切神灵。

2002年8月19日（巴黎）

飞机行进在明斯克上空，窗外月亮极圆极亮，不知阴历今夕何夕？却知道现在是法兰克福的晚上10点10分，是北京另一天凌晨的4点10分。当我们刚刚告别的那个城市的人进入沉香梦时，我们正在一点点向离开了近一个月却已经觉得陌生了的那座东方老城靠近。机舱内的灯全部熄了，黑暗中头脑的清醒和思想的混沌是一件极痛苦的事。安眠药不在身边，我不知道"这一夜"将怎样过。（这"夜"仍是按法兰克福或可以说是欧洲时间算的。实际上我们飞去的方向太阳正在升起，所以这"夜"需要紧闭所有的窗来制造。）

黑暗中不敢闭眼睛，一闭上就是清晰的张先生，她高兴地对着我用她特有的韵味说："你怎么搞的？怎么才来呀？"

和张先生终有一别，我不是没有过"预想"，虽然极力回避，但也明白总有避无可避的一天。我以为我会在那一刻飞到她身边，尽我所有的力量，无力挽留她，但要目不转睛地看着她，把她能留给我们的一切刻印保存在心里，一点也不丢失。却无论如何不会想到在我们相距最远的时候她走了，给我心里又留下了一角荒芜。父亲去了，邓先生走了，我心中的荒芜还不够多吗？难道一定要让我有一天整个的心成为不毛之地？上天眷顾我，使我的人生有知己相伴；上天报复我，用同样令人不堪的方式一个个带走了他们。何其相似，我真不敢想今后还敢不敢……

机舱里的灯再亮时，已经到了伊尔库斯克上空，距北京已不足两个小时的航程。过去二十八天所触摸到的一切被远远地抛在了身后，像一场梦。似乎就在飞机起飞的刹那间，我们与那片原本就不熟悉也不可能熟悉的土地距离就又逐渐恢复了。渐行渐远……

和去时完全不同，这一次太阳升起时，地球的那一边（这一边）没有了她。

我不知道该怎样去开始习惯见不到她的星期三，那原本是"幸福的星期三"。我甚至想，就这样一直在天上飞吧，不要落地，不要去正视，让我在远离现实的地方空悬着再梦一回，迟些醒。

叶稚珊

2002年8月23日（于飞机上）

合肥张家世系简表

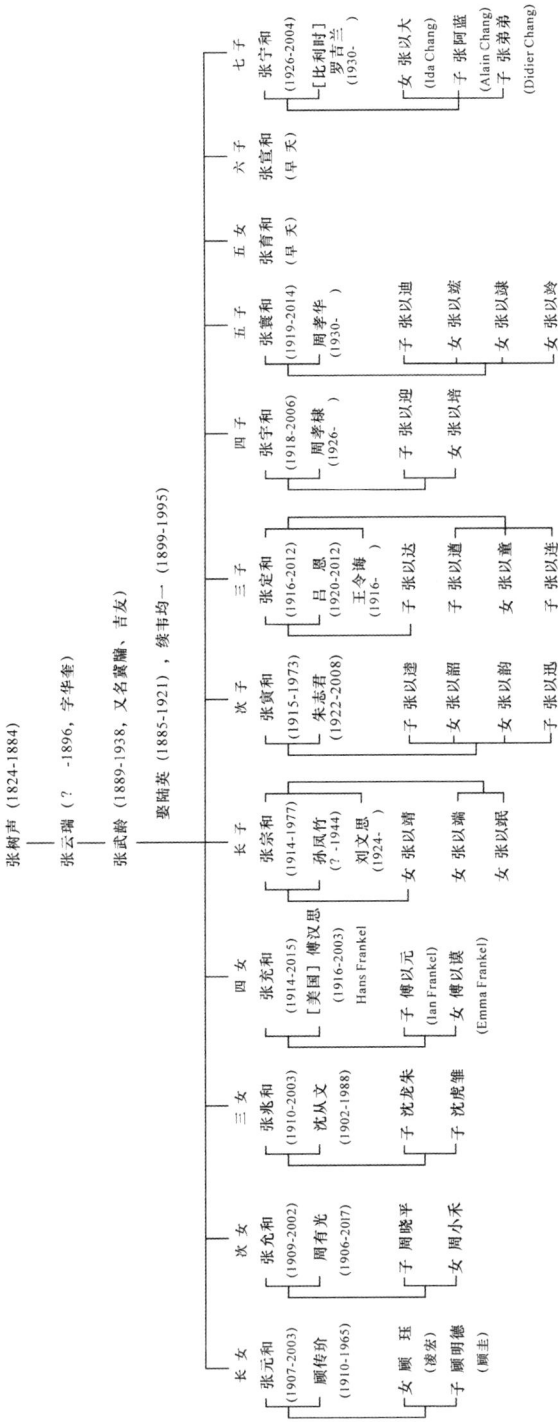

张树声 (1824-1884)

张云瑞 (？-1896，字华奎)

张武龄 (1889-1938，又名冀牖、吉友)

陆英 (1885-1921)，续韦均一 (1899-1995)

	长女 张元和 (1907-2003)	次女 张允和 (1909-2002)	三女 张兆和 (1910-2003)	四女 张充和 (1914-2015)	长子 张宗和 (1914-1977)	次子 张寅和 (1915-1973)	三子 张定和 (1916-2012)	四子 张宇和 (1918-2006)	五子 张寰和 (1919-2014)	五女 张宁和 (早夭)	六子 张宣和 (早夭)	七子 张宁和 (1926-2004)
配偶	顾传玠 (1910-1965)	周有光 (1906-2017)	沈从文 (1902-1988)	[美国] 傅汉思 (1916-2003) Hans Frankel	孙凤竹 (？-1944) 刘文思 (1924-)	朱志君 (1922-2008)	吕恩 (1920-2012) 王令绪 (1916-)	周孝棣 (1926-)	周孝华 (1930-)			[比利时] 罗吉兰 (1930-)

女 顾珏 (凌宏)
子 顾明德 (顾圭)

子 周晓平
女 周小禾

子 沈龙朱
子 沈虎雏

子 傅以元 (Ian Frankel)
女 傅以谟 (Emma Frankel)

女 张以䭲
女 张以端
女 张以珉

子 张以达
女 张以韶
女 张以韵
子 张以思

子 张以达
子 张以道
女 以童
子 以连

子 张以迎
女 张以培

子 张以迪
女 张以竑
女 张以谏
女 张以玲

女 张以大 (Ida Chang)
子 张阿蓝 (Alain Chang)
子 张弟弟 (Didier Chang)

(感谢张以珉女士、王道先生提供资料)

常州周家世系简表

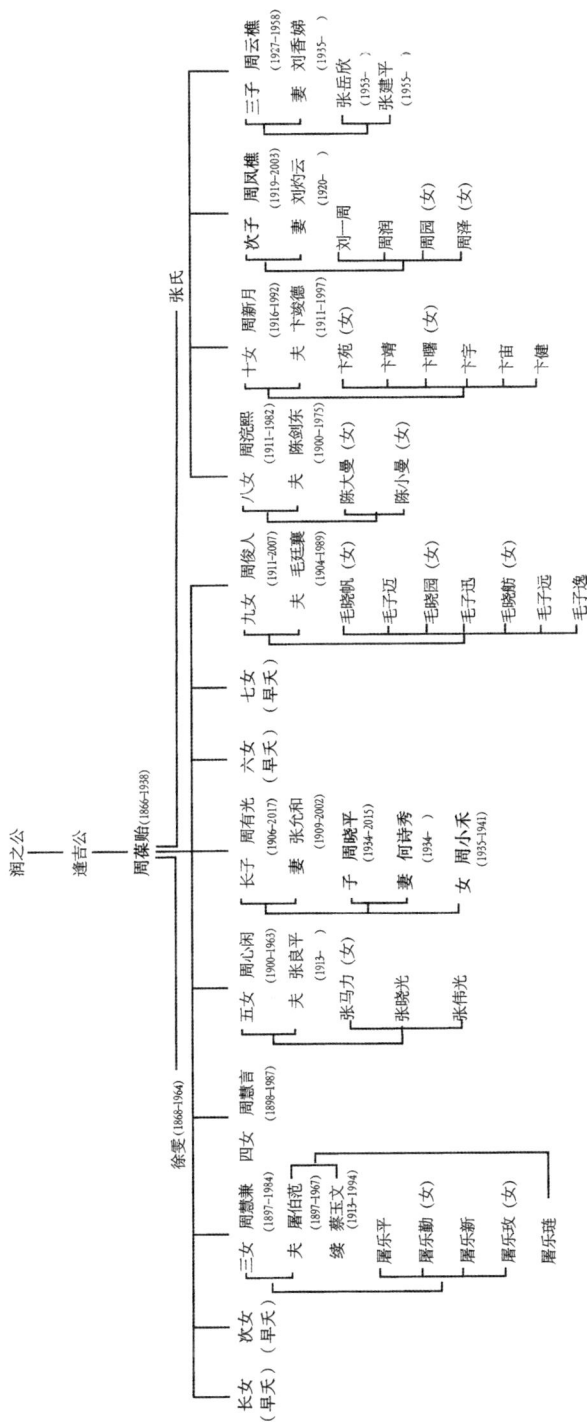

润之公
逢吉公
周葆贻(1866-1938)

徐雯(1866-1964) — 张氏

左侧（徐雯）

- 长女（早夭）
- 次女（早夭）
- 三女 周慧兼(1887-1984)　夫 屠伯范(1897-1967)　续 蔡玉文(1913-1994)
  - 屠乐平
  - 屠乐勤(女)
  - 屠乐新
  - 屠乐玫(女)
  - 屠乐珄
- 四女 周慧言(1889-1987)
- 五女 周心闲(1900-1963)　夫 张良平(1913-)(女)
  - 张马力
  - 张晓光
  - 张伟光

中间（周葆贻）

- 长子 周有光(1906-2017)　妻 张允和(1909-2002)
  - 子 周晓平(1934-2015)　妻 何诗秀(1934-)
  - 女 周小禾(1935-1941)
- 六女（早夭）
- 七女（早夭）

右侧（张氏）

- 九女 周俊人(1911-2007)　夫 毛廷襄(1904-1989)
  - 毛晓帆(女)
  - 毛子迈
  - 毛晓园(女)
  - 毛子迅
  - 毛晓舫(女)
  - 毛子远
  - 毛子逸
- 八女 周浣熙(1911-1982)　夫 陈剑乐(1900-1975)
  - 陈大曼(女)
  - 陈小曼(女)
- 十女 周蔚月(1916-1992)　夫 卜坡德(1911-1997)
  - 卜苑(女)
  - 卜靖
  - 卜曙(女)
  - 卜宇
  - 卜苗
  - 卜健
- 次子 周凤楷(1919-2003)　妻 刘灼云(1920-)
  - 刘一周
  - 周润
  - 周园(女)
  - 周泽
- 三子 周云樵(1927-1958)　妻 刘香娣(1935-)
  - 张岳欣(1953-)
  - 张建平(1955-)

图书在版编目（CIP）数据

浪花集 / 张允和，张兆和编著.—杭州：浙江大学出版社，2016.9（2017.12重印）

ISBN 978-7-308-15915-9

Ⅰ.①浪… Ⅱ.①张… ②张… Ⅲ.①随笔-作品集-中国-当代 Ⅳ.①I267.1

中国版本图书馆 CIP 数据核字（2016）第 116927 号

浪花集

张允和　张兆和　编著

特约策划	叶　芳	
责任编辑	罗人智	
责任校对	张一弛	
封面设计	卿　松	
出版发行	浙江大学出版社	
	（杭州市天目山路 148 号　邮政编码 310007）	
	（网址：http://www.zjupress.com）	
排　　版	浙江时代出版服务有限公司	
印　　刷	浙江印刷集团有限公司	
开　　本	880mm×1230mm　1/32	
印　　张	9.25	
字　　数	176千	
版 印 次	2016年9月第1版　2017年12月第2次印刷	
书　　号	ISBN 978-7-308-15915-9	
定　　价	52.00元	

版权所有　翻印必究　印装差错　负责调换

浙江大学出版社发行中心联系方式（0571）88925591；http://zjdxcbs.tmall.com.